小鬼靈精

神奇牛肉麵

王力芹 著

總序／小鬼靈精・魔神仔

小時候，我的床邊故事來自爸爸口中，爸爸信手拈來就是一則則故事，包含了虎姑婆、包拯夜審烏盆、周成過臺灣……等等。臨睡前爸爸總把故事說得繪聲繪影，我每每都感覺自己就在每一則故事情境裡，寒毛直豎的同時，彷彿背後正悄悄貼近了小鬼、精靈或魔神仔。

我家姊妹眾多，童年時候玩起覕相揣（捉迷藏），在日式住宅的榻榻米房間穿梭，為免被當鬼的那人捉到，都是盡自己所能的不發出一丁點聲音，但在躡手躡腳躲藏過程中，往往又會很不小心的撞見了媽媽，那個當下，媽媽因為被我們這幾個玩性正濃的小鬼驚嚇到，本能的就出口叨唸我們：「恁魔神仔啊，毋出聲，欲驚死人矣。」（你們魔神仔啊，不出聲，要嚇死人啊！）

我們幾個被叨念的魔神仔，大多時候是吐吐舌尷尬笑笑，很快就飄出媽媽的視

線，繼續躲在押入（壁櫥作用）、俯趴在和式桌底下，避免被數完數轉身要抓人的鬼發現。有時來不及隱身到大型家具後側，還會異想天開的緊貼著牆角的邊緣，以為這樣就可以和牆面貼合一起，真成了幽靈界的一員。

魔神仔於是成了小時候家裡的一個特殊有趣語彙，童年的我絲毫不清楚魔神仔的真實意義，以為是我們垂髫姊妹的同義詞。直到另一個語詞「揖壁鬼」又進入我們家庭，而我也增加了年歲，明瞭了魔神仔和揖壁鬼都是代表已經死亡，不具形體，只有靈識的物類。可我們在家裡彼此說著魔神仔、揖壁鬼，總是趣味橫生、笑聲迭起，絲毫不覺得恐怖陰森，也不會感到害怕。

爸爸不是說唱藝術者，可故事說得可生動了，幼時雖在驚惶中蜷縮小小身軀聽著故事，但也因此在聽故事當中學得鎮定並種下善念。不同於爸爸以故事啟迪子女心性的作法，媽媽最常口述她經歷二次世界大戰期間，躲空襲的過程裡親見鬼魂的種種，媽媽言之鑿鑿之際，我等姊弟冷不防就覺得似乎真有魔神仔貼在身後，然後慌慌張張、尖聲驚叫時而有之，爸爸總是笑看我們這幾個失序小鬼。媽媽則是諄諄告誡，首先自己內在得有堅強意志，其次對鬼魂不小覷不戲謔不要作弄，真遇上了就莫驚莫慌莫害怕，甚且可鼓足勇氣直面喝斥，那精怪那靈魂那魔神自是不敵豐足人氣正念，必會收攝斂住，也就不敢捉弄戲謔我們了。

童年的記憶既真實又深刻，爸爸雖會表明他說的是故事，但故事聽多聽久，也成了生活事。而媽媽的生活事聽著雖如故事，也因為聽久聽多了那慷慨激昂語調，想當然耳的當成故事情節欣賞，並以之自我抵勵。

而我，經歷了少年青年壯年，再到後中年，多年來對於鬼靈寧信其有，人鬼平行世界共存，兩方和平共處，在各自生存的時間流動，各自安身空間裡生存，相安無事、相互尊重、彼此祝福，不也很好嗎？

時光流轉歲月轉次，我的爸媽都已仙逝，但我總感覺他們的靈仍在、魂仍在，或許是在子孫輩無法觸及的時空，又或許他們已輾轉再入人間，成了後輩新生的某一員，這樣的輪迴牽連，我深信存在的。

如此的靈我相處，可以是一樁美事，何必冠以妖異鬼怪？

數百年來，在臺灣島上定居的人們，無論是哪一個年代從哪一個地方遷徙而來，來到這座四周環海，島上有起伏連綿高山、深邃茂密森林、或大或小湖泊，隱藏了許多人們所不知的地理與水文。落地生根的住民需要面對的自然與環境的挑戰在所難免，颱風、水患、山崩、地裂等考驗不時翻滾而來，狂風暴雨走山地震種種自然魔手，夾帶著鬼哭神嚎妖喊怪叫，一再煎熬著失神無助的人們心靈，於是自然而然衍生出一套自我解釋的說法，一種自我撫慰的作法，一份自我安定的力量，方能在且驚且顫且凝神中繼續生活。

因此，沉潛於山於海於湖的恐怖傳說，或妖或鬼或怪的隨行生活，甚至人命歸陰後流連徘徊的說法不脛而走。隨著時光流轉，因著島內各族群的天性與不同的文化底蘊，總有一則又一則內容豐富，形貌各異的精靈鬼怪口傳故事，經由一代一代的口述轉傳，逐漸與臺灣本島多樣的地形地貌及在地文化緊密結合，如此而演繹再演繹了妖鬼奇譚，增添了幾許玄奇神妙。

近幾年來，臺灣文學界湧動了一股探奇搜妖風潮，妖怪文學逐漸有了一席之地，從學術從創作從動漫等各個角度切入，遂不難發現無論是妖是怪是鬼，自來便都在島嶼的某一個時空靈動著，否則怎有老者無故走失若干日子，被找到時回應恍惚間走入不熟悉之地，或飲山泉或食野菜或聽指引而安然，人人皆說是被魔神仔引著，去經歷了一趟常人難以理解的怪奇之旅。除了魔神仔的繪聲繪影，亡靈託夢之說亦常被提起，夢示之靈驗常令人嘖嘖稱奇，此間靈異玄妙若不是精魂的觸動連結，又如何說得清呢？

對於妖對於怪我恭敬承讓，但對於鬼對於靈，我則喜歡小鬼孩善精靈，生活中偶也有難以言說的奇特經驗，更加深我喜愛小鬼靈精。曾經路上走著，迎面而來娃娃推車裡的小娃娃，不停的對我擠眉弄眼，好似我們曾在過去哪一世便相交了；又有餐館裡用餐，鄰座約一歲左右的小孩，不時拉我一下，再喃喃說著幾句，彷彿前生裡我們便相識。這樣的經歷多了，對於彼此深緣的說法更深信不疑。

宋朝文豪蘇軾為唐朝李源和圓澤法師寫了一篇傳記，其中有一首詩是：

三生石上舊精魂，賞月吟風不要論；
慚愧情人遠相訪，此身雖異性長存。

三生指的是前世、今生和來生，相逢的機遇雖難得，但還是有可能相聚一起。雖然我生活在魔幻鯤島，數十年來聽過的鬼怪傳說，讀過的妖怪文學作品，看過的靈異電影，不在少數，但我始終相信一念善，能引發蝴蝶效應，能將善的種子播在人界靈界鬼魂界，好讓惡靈惡念無所遁逃。

小孩都愛聽故事，現在我會說故事給小孫女聽，我要讓小孫女聽故事聽到哈哈笑，我仍然會說虎姑婆的故事，但我說Q版唱Q版的虎姑婆，我還要說小鬼靈精和魔神仔的故事，不世出的，您也來看看吧！

目次

下卷　牛肉麵

前言　小精靈

據說每一個小娃娃都是小精靈來投胎。

不說精靈與人的微妙依存，含帶多少看不見的拉扯力量。就是人與人之間，父母與孩子的親子關係，兄弟姊妹的手足互動，更是一張織得細細密密的網，在在關係著一家人的榮辱興衰，所謂牽一髮動全身，不就正是這個意思？

世間所有事都有其前因後果，羅家媽媽年過四十之後再添一兒，更是大有原因的。老大羅莉在妹妹出生後，自感媽媽全心全意在照養妹妹，因而有被疏忽的痛，在爸爸以巧克力安撫之後，巧克力成了她的情緒安慰劑。羅莉為了吸引爸媽更多關注，入學之後，非常專注學習，學業成績經常名列前茅。此後羅莉發現自己的方法奏效，爸媽除了經常讚許她之外，還時常對妹妹耳提面命，要羅蔓向她看齊。

因為爸媽的無心，自此羅家兩姊妹彼此心生嫌隙。老二羅蔓始終認為爸媽唯成績是論，只疼姊姊一人；羅莉則自恃有優秀成績，常以高人一等之姿睥睨羅蔓。羅蔓長期在姊姊光環下生長，被壓得十分渺小，尤其爸媽常有意無意要她學習姊姊好學不倦的精神，她在倍感壓力之餘自然叛逆。

一個偶然機會，羅蔓好友范慈倩的年幼弟弟茲青意外溺斃，范家爸媽用糖果巧克力祭奠愛子，喪禮之後，范慈倩將巧克力帶去學校和同學分享。羅蔓一時興起，想到姊姊嗜吃巧克力，何不帶回家小小捉弄姊姊一番？

沒想到陰錯陽差，也是巧克力愛食族的范家小弟弟，隨著巧克力被羅蔓帶回家，果然遂了羅蔓的願，讓羅莉驚嚇得花容失色。出乎羅蔓意料的是，她小小的惡作劇竟把整個家搞得人仰馬翻。

主要原因是，嗅著巧克力香氣飄進羅家的范小弟弟，看到羅家媽媽照顧孩子無微不至的情形，對照過往他還活在人世間，被爸媽遺忘在外婆家的情況，簡直天壤之別，當下心生一念，如果要投胎成為人家的孩子，就要選擇羅家這樣的爸媽。

精靈范茲青小弟弟就是因為著迷於羅家媽媽深厚的母愛，於是開始發聲露臉纏住媽媽，無所不用其極的就是要纏到羅氏一家人歡喜接納他，讓他再有機會看見每天東升的陽光，並大口呼吸新鮮空氣。

當精靈小弟弟真的和羅家爸媽以及兩個姊姊，成了一家「人」之後，彼此互動會是怎樣？

會不會一切平順？

會不會再有精靈撞進這一家？

上卷　小弟弟

「底迪，乖，喝一口。」

「唔唔……」

「唔什麼？不知好歹。」

喝著飲料的羅蔓把吸管推到小昌昌面前，小昌昌一顆小腦袋左閃右躲，羅蔓哼了他一聲，不再逗弄小弟弟。

「底迪，來，叫姊姊，我是大姊姊喔。」

「嗯嗯……」

「小笨蛋，只會嗯嗯嗯。」

羅莉右手食指撥著小昌昌臉頰下命令，躺在小床上的小昌昌咧嘴笑著嗯嗯兩聲，羅莉覺得無趣閃人了。

「叫二姊，底迪，我是二姊。」

「……」

「好了，底迪乖，自己玩，二姊要讀書，讓大姊姊陪你玩。」

「小昌昌，去找二姊，大姊姊要考試了。」

「小昌昌，二姊現在沒空，你自己玩。」

「爸，請你來抱走羅宋湯。」

「媽，妳看，羅宋湯在我房裡尿尿了！」

羅莉、羅蔓兩姊妹心血來潮時玩玩小弟弟，沒空時巴不得小昌昌會自己離開她們的視線範圍。

一　一個可愛弟弟

「寶寶快睡，媽媽的心肝寶貝，寶寶快睡，媽媽喜歡你。」

何碧蘭輕輕拍著懷裡的羅頌昌，口裡哼著自己隨意搭出的催眠曲，哼得一臉陶然。

剛從浴室出來的羅軒疆，看見眼前一幅溫馨的「育嬰圖」，不覺嘴角也揚起一抹滿足笑容，他總算也有「後」了。洗過澡心情大好，羅軒疆大步上前，注視著老婆懷中的兒子，忍不住就出聲喚著：「小昌昌，把鼻呢！」何碧蘭出手要制止，已經來不及了。

媽媽抱在懷裡的小嬰兒那將閉未閉的眼皮，一感覺到有人影靠近，就又強睜開來，又再聽見有人喊他，冷不防的便拋給他老爸一抹無邪微笑。

「呵呵，小昌昌對我笑呢！」羅軒疆受寵若驚，何碧蘭卻是恨恨地瞅了他一眼，「我都快把小昌昌哄睡了，你一來又把他吵醒，不管，你哄他睡，我累得睏死了。」何碧蘭從床沿站起來，雙手一送就把兒子放到羅軒疆手上，這動作慌了羅軒疆，他只得把寶貝兒子緊緊抱住。

「欸……我……」羅軒疆想求助也無門，何碧蘭早已扭頭進浴室去了。

羅軒疆一臉無奈，再低頭一看懷中兒子正舉起他那肥嫩小手掌，像要抓什麼似的，猛在空中揮，一雙圓滾滾眼珠子透露了慧黠，那樣子似乎是說道，「嘿嘿，把鼻，誰教你自投羅網來了。」

可不是嗎？羅軒疆這時也有幾分懊惱，誰要他「自找麻煩」？

「小昌昌乖，快睡，把鼻明天還要上班呢！」

小娃娃細嫩小手抓著羅軒疆正冒出短髭的下頦，羅軒疆感受到的是一股孺慕親愛，心裡一陣溫暖，剛剛冒出來的那股悔恨瞬間消失得無影無蹤。

這輩子在生了羅蔓之後，羅軒疆從沒想過會有個兒子，現在真真切切有了一個「後生」，老來得子，真是甜蜜啊！

「小昌昌，你真可愛喔，把鼻喜歡你喔！」

「啊嗚啊嗚……」

「呃？小娃娃也這麼愛講？」羅軒疆小小傻眼。

「別一直跟他說話，讓他快睡，你也睡。」何碧蘭出了浴室拋下這句，就把自己丟上床鋪，倒頭呼呼大睡去了。

「呃？」羅軒疆還來不及反應，老婆大人已經呼聲大作了。

「你看，馬迷累壞了，是不是你沒有乖乖，把馬迷操得太累了？」

羅頌昌眼珠子不停轉著，好像是要尋找他熟悉的媽媽氣味，又彷彿是想跟爸爸玩耍，總之他精神好得很，一點也不想睡。

他怎麼會想睡嘛？

旁邊兩個鬧著他的小精靈，正是他投胎前的精靈好友，兩個一直朝他臉上吹氣，還不停說些風涼話。

「厚，你這小鬼就這麼幸福，投胎到這家。」大頭精靈哼出這麼一聲。

「對嘛，我們都沒能撿到這樣的好康。」小個幽靈跟著附和。

「唉，誰讓我五歲時在我媽的手裡折了腿，活著的時候就跑不快，連沒了命只剩靈魂還跑不贏人家。」

「大頭，你那是什麼哀怨少年史，說來聽聽。」

「不堪回首，算了，別提我那個媽。」大頭精靈好不哀怨。

小小羅頌昌大大不以為然，他很想開口跟他們說：「往事已矣，不要在這裡抓著過去的悲傷不放，快去找個好人家投胎才是要緊的事，幹嘛把時間花在我跟前發牢騷。」

小昌昌自從被媽媽生下來，成為一個人以後，以往那些他也擅長的精靈把戲突然間都施展不來，此時此刻也只能啞巴吃黃蓮的看著這兩隻過去的精靈朋友，又是揶揄他，又是哀哀怨怨。

不行，得使些力發個聲，不然這兩個臭小子若是哀怨過頭反過來嫉妒他，再小人步數欺負他，他可就有口難言，有苦說不出。

羅頌昌兩個小拳頭握得緊緊的，一張臉漲得通紅。

「唷，這小鬼生氣了。」

「你們才是鬼，我是人。」小昌昌猛向空中揮拳，他要抗議，可是精靈和他已非同一音頻。

「喝，我們才說兩句，你就這樣，哼！」

兩隻精靈哼的一聲後，飄向羅軒疆，不久前的哀怨全消散了。

小昌昌一看心急了，如果這兩個精靈對爸爸玩什麼把戲，說不定會把爸爸嚇死。不行，我才有了人樣沒多久，爸爸還沒看夠我的樣子，不能讓這兩個小鬼來破壞。

一旁的羅軒疆則是自責之中，他怪自己沒事出聲逗兒子，現在可好了，這小鬼精神好像越來越亢奮，兩隻小肥手空中撥個不停。

唉，真是自作孽不可活喔！

「唉喲，我的小寶貝，你幫幫忙趕快睡，把鼻明天還要上班喔！來來，喔喔睏喔，小昌昌快睡喔……『囡仔嚶嚶睏，一暝大一吋……』」小昌昌的眼珠子還轉著，不過因為爸爸的催眠曲速度漸漸變慢了。

羅軒疆正慶幸自己哄小孩也有一些功力，並思忖著要將懷裡眼皮已闔上幾分的羅頌昌放進娃娃床裡去，一旁兩隻小精靈一想這樣會沒戲唱，得想個辦法來鬧鬧，一回頭看見羅蔓下樓來，兩隻小精靈快速飄向她，撓搔著她的喉嚨。

「爸、爸、爸。」羅蔓三聲拔高嗓音從三樓匡噹匡噹的擲了下來，好不容易快擺平的羅頌昌，宛如注入新生命一樣，頭一扭，眼一張，精神全都回來了，羅軒疆一看前功盡棄，他眉一皺，嘴一撇，真要唱「三聲無奈」了。

「爸、爸……」人還未到，羅蔓又送來兩聲。

「什麼事？」本已傳出小鼾聲的何碧蘭倏地自床鋪坐起問道。

「我是叫爸爸。」人已到爸媽房門口。

「我？」羅軒疆愕然不明所以。

「爸爸？」何碧蘭一臉惺忪，「幹什麼找爸爸？」說完忽地想起，便問，「小昌昌呢？」

「在爸爸手上。」

「我抱著。」

「呃？他還沒睡啊？」

「嗯。」羅軒疆心虛的回應。

「唉喲，你是怎麼的，不趕快把他弄睡，我怎麼睡嘛？明天他又要把我操死了。」

「喔，老婆，妳先睡，我把小昌昌抱出去哄。」羅軒疆一方面以眼神示意羅蔓一起出房間，羅蔓只得踮腳後退，活像卡通裡遇上屋裡主人的小偷倒退出房間。

飄在空中的兩隻小精靈滿意的咧嘴笑著，他們還想玩，才不讓剛出娘胎的前精靈夥伴好睡呢。

羅軒疆從房裡移向房外，懷抱中的小昌昌，敏銳的神經察覺到換了不一樣的地方，一雙眼睛骨碌碌地轉，就怕漏看了哪一部分。雖然才四個月大一點，但他就分得清房裡房外，這會兒興奮換了這個不是睡覺的地方，應該可以和把鼻好好玩一玩吧？

小昌昌小手又抓又摸的在羅軒疆臉頰上來來去去，羅蔓看了也覺得有趣，伸手去拉她弟弟的小手。

「羅宋湯你很壞喔，就知道欺負把鼻和馬迷，看姊姊怎麼修理你。」羅蔓用拇指和食指捏著小昌昌細嫩臉頰。

小昌昌被姊姊一捏，以為又多了一個陪他玩的傢伙，不禁咧嘴樂得呢！其實是在他面前飄來飄去猛扮鬼臉的小精靈，逗得他都快把投胎前身上的鬼靈精找回來。兩隻精靈逗著玩著，竟然不懷好意的掐住小昌昌脖子，小昌昌開始不舒服扭動身體。

羅蔓只捏小昌昌一邊臉頰不太過癮，乾脆放開原來把玩弟弟小手的左手，和右手一起同時捏起小弟弟的兩個臉頰，「喔喔喔，還笑？人家雪蓮阿姨家的蘇適多懂事，都嘛晚上九點半就睡覺了，哪像你，你是夜光鳥啊？這麼晚了還不睡？要當賊啊？」

羅蔓以為是那句「要當賊」的指控，讓小昌昌心裡受到傷害，總之小昌昌無預警地扯開喉嚨，就呼天搶地的哭了起來，哭得他老爸和二姊都看見他喉底的肉球像音叉般震動著。

「哇哇……」哭得好不委屈啊。

羅軒疆被這小子突如其來的哭勁給嚇慌了，渾然不知到底是怎麼一回事，心裡嘴裡只顧求著：「拜託你喔小寶貝，求求你喔，不要哭了，把鼻惜你，乖，不哭，二姊壞壞。」

小昌昌這一哭也叫羅蔓慌張起來，或許是她把小昌昌粉嫩臉頰捏痛了，真是抱歉，羅蔓更擔心因為小弟弟的哭聲把媽媽引來，情急之下，她唱起當年媽媽常唱給她聽的兒歌。

「底迪乖，二姊唱歌給你聽喔，

好久好久的故事，是媽媽告訴我，
在好深好深的夜裡會有虎姑婆，
愛哭的孩子不要哭，牠會咬你的小耳朵，

不睡的孩子趕快睡，牠會咬你的小指頭……」

可不曉得是羅蔓五音不全，還是唱出了恐怖氣氛，小昌昌的哭聲竟是升 Key 般的一路飆高。羅蔓眼見哄不了弟弟，難不成是自己沒唱出〈虎姑婆〉的精髓，於是用力越唱越大聲，企圖掩蓋過小昌昌的嚎啕大哭，無奈小昌昌彷彿被驚嚇到似的更用力嚎哭。

羅蔓就不懂了，小時候只要媽媽唱出〈虎姑婆〉，她就會趕緊閉上嘴巴和眼睛。媽媽一直都是唱這首哄她睡覺的，她自己聽久了之後，變成習慣睡前非聽〈虎姑婆〉不可，直到上了小學還常吵著媽媽唱，有時還和媽媽一起合唱呢。

為什麼新生的小弟弟聽了這首〈虎姑婆〉，反而哭得更大聲呢？他是不喜歡嗎？別說小昌昌不喜歡，就連那大頭和小個兩隻精靈，都掩著耳朵想要逃開羅蔓的荼毒。

一旁的羅軒疆，忙著要哄哭鬧不休的小昌昌，乾脆給羅蔓下了禁唱令，「小蔓，妳別再唱〈虎姑婆〉了，小昌昌嚇壞了。」

「他嚇什麼嚇？好聽呢！」

「妳是要嚇死小昌昌啊？唱〈虎姑婆〉給他聽。」小昌昌沒入睡，倒是何碧蘭

出了房間。

「呃？可是我小時候妳都嘛唱這首〈虎姑婆〉給我聽，妳不是說這首歌是我的

床邊搖籃曲？」

「那是妳啊，小昌昌聽的不是這個。」何碧蘭已從羅軒疆手裡抱過小昌昌，再

輕聲哄著他，「寶寶快睡，媽媽的心肝寶貝，寶寶快睡，媽媽喜歡你。」

其實這是雪蓮提醒她大姊的，給孩子聽溫馨的兒歌或音樂，對孩子的陶養相

對比較平和，何碧蘭試過之後，發現當真不一樣，以前羅蔓都以一曲〈虎姑婆〉打

發，結果養出一隻鬼靈精怪，小時候老是給她製造糗死人的狀況。那陣子看雪蓮養

出乖巧安靜的孩子，千千萬萬個悔不當初，小昌昌生出來之後，完全拷貝雪蓮的教

養方法，好像真的不一樣。

「哈哈，原來這小鬼聽的是正宗搖籃曲喔！」羅軒疆大大的鬆了一口氣。

「你才知，他可是很有靈性的，他聽得懂的，唱什麼〈虎姑婆〉？把他嚇壞

了。」

「厚，媽媽都只疼弟弟，弟弟就是寶，我就只配聽〈虎姑婆〉，哼！」羅蔓噘著嘴頭一扭，走了。

羅軒疆愣了一會兒，才想起羅蔓有事來找他，根本也還沒說是什麼事，就使性子扭回去了。怎麼辦？大概不重要吧？

回頭再一看，老婆三兩下就把小昌昌收服了，那小子眼皮已經像糊上膠水似的，不再上上下下輕輕震動了。

「喔，老婆，妳真厲害，三兩下就把他擺平了。」

「你才知，我這是練過初階、中階，才到現在的高階呢！」何碧蘭說著也有幾分得意。

「嗄？什麼初階、中階、高階？妳說什麼我怎麼聽不懂？」

「就是我養過羅莉、羅蔓，現在到這隻小鬼不就是晉級到高階了？」

經過何碧蘭說分明，羅軒疆聽來還真有幾分道理，不禁笑了起來。

「呵呵……」

輕輕「啪」一聲打在羅軒疆手臂上，何碧蘭瞪了他一眼。

「你是想再把他吵醒啊？」

「……」羅軒疆趕緊一手摀住自己的嘴，猛搖頭否認，他可也想趕快上床睡覺去，明天還有班要上呢。

因為何碧蘭的母愛，兩隻小精靈不自覺的也陶醉在愛的搖籃曲中，不但忘了原是要捉弄欺負羅頌昌，竟連自己都昏昏欲睡了。

羅蔓氣呼呼回到房裡，才想起正事還沒辦，才提起腳跟便又再想，才不在這時再下樓去，下去只會看到爸媽疼弟弟的畫面，那會再引起心裡的痛。

算了，反正也還沒要上學，明天吃早餐時再跟爸爸要戶外教學的費用還來得及。

倒是這時她已經沒心情再讀書了，乾脆就上床睡覺吧！

躺下床，羅蔓哪裡睡得著，剛才那一幕慈母輕唱搖籃曲的經典畫面，牢牢盤據在她的腦海，翻個身想甩掉那畫面卻是黏得更緊，輾轉反側之間竟對小昌昌產生幾分嫉妒，也就有了幾分懊悔，悔不該慫恿媽媽再生弟弟。

再翻個身想起小時候臨睡前，她若要求媽媽陪陪她，媽媽可不見得每次都在她床前唱兒歌說故事。很多時候她是哭著大叫媽媽，媽媽被她煩得不耐煩，來到她面前一定盯著她的臉說，「再哭哭，虎姑婆聽到了，就會來咬妳喔。」

一聽到虎姑婆，羅蔓就自動閉上嘴了。

現在想起來，原來自己是被虎姑婆嚇大的。可是羅蔓就不懂了，她既然是被虎姑婆嚇大的，怎麼還會喜歡聽〈虎姑婆〉那首兒歌？

還沒理出個頭緒，羅蔓已經沉沉睡去了。

「叩叩……」黝黑的屋外傳來一陣又急又響的敲門聲。

「呃？」昏暗的室內兩個小女孩對望了一眼。

三歲小妹妹露出驚惶眼神，她拉拉姊姊小裙襬，「姊姊……」

「不要怕，姊姊在這裡。」

「叩叩……」停了一下，門板上又敲起響亮的聲音。

「誰啊？」小姊姊握緊妹妹稍微顫抖的手，從喉嚨用力迸出一句。

「呵呵……我是妳們的姑婆，快開門哪！」

「姑婆？」小姊妹對望了一眼，妹妹說，「姊姊，她說她是姑婆，我們快給她開門。」

小姊姊一把將妹妹拉了回來，「我們哪有什麼姑婆？媽媽又沒說過。」

「呃？沒有嗎？」

「叩叩……快開門哪，姑婆帶來好吃的東西呢！」低沉的聲音再一次傳了進來。

「姊姊，姑婆說有好吃的東西呢！」

「別被她騙了，我們沒有姑婆。」

「小寶貝們，姑婆帶來妳們愛吃的雞塊和薯條，快開門喔！」

「姊姊，有好吃的雞塊和薯條呢！」

「別貪吃。」

爸媽不在家，做姊姊的要把妹妹照顧好，小姊姊把妹妹拉得緊緊的。可是這妹妹聽著外頭那蒼老聲音說著有好吃的雞塊和薯條，一顆心直往外飛，人也強要掙開姊姊的手，去開那一扇門。

門外，一直傳來敲門聲，一次比一次急促，一次比一次重，一次比一次響，那個低啞的聲音也一回比一回不耐煩。

「妳們兩個快開門哪！好吃的東西太重了，我要趕快拿給妳們啊。」

「姊姊，給她開門嘛！我要吃雞塊。」

「不行。」

眼看妹妹就要轉動門把，姊姊急中生智，把妹妹拉到窗邊，掀起窗帘一角，好看清楚門外那個，是人？還是怪？

那是個痀僂的身軀，頭上綁著一條大花布巾，身上穿著一件拖地大衣，模樣是個老婆婆沒錯。

「姊姊，那是姑婆沒錯。」

「可是……我們哪有什麼姑婆？」姊姊也有點動搖了。

「叩叩……快開門哪，姑婆還帶來妳們愛吃的乖乖和巧克力。」

「姊姊，有妳愛吃的巧克力呢。」

想到巧克力，姊姊嘴裡的口水開始變多，她也很想吃巧克力。可是歪著頭再一想，不對，從來沒聽爸媽說過有姑婆這個人，不能這麼輕易就相信，只好用力嚥下口水。

「姊姊，快給姑婆開門，姑婆很老了呢。」妹妹強要掙脫姊姊的手，姊姊抓得更緊，都抓出痕印了。

姊姊還是從窗帘縫看外面那個老邁的身體，終於看出一點不對勁的地方，「啊……」姊姊剛要張開嘴巴大叫，馬上用力咬住下唇，不讓自己發出聲音。

「……」妹妹瞪著大大眼珠子，她在想姊姊到底看到了什麼。

姊姊左手輕摀著妹妹的嘴，把妹妹拉近窗邊，虎姑婆那雙毛茸茸，帶著尖銳腳趾的腳，和那一截沒包在大衣裡的尾巴，都讓小姊妹看見了。

「呼……」妹妹驚呼的那一聲還沒完全出口，就讓姊姊一手掌給塞回嘴裡，差點兒透不過氣來。

這下子兩個人都嚇壞了，退到屋子牆角邊，門板依然被虎姑婆敲得砰砰作響，兩姊妹胸口也怦怦跳得激烈，那心臟要是再一瞪腳，就要跳出她們的嘴巴了。

「妳看，外頭那是個壞東西，才不是什麼姑婆，妳看到了吧！」

姊姊輕輕在妹妹耳畔說，妹妹點頭如搗蒜，她終於相信姊姊說的，她們沒有姑婆。

「妳們還不快開門讓我進來，我可要生氣了。」門外的聲音充滿火氣。

「不開，不開，不能開，不讓妳進來。」

「什麼？臭小鬼竟然不開門，虎姑婆我就不客氣，自己撞進來了。」門外的東西自己洩了密。

「虎姑婆……虎姑婆……虎姑婆……」兩姊妹這下慌了，原來那是會吃小孩的虎姑婆，怎麼辦？爸爸、媽媽快來救我們哪！

「砰砰……」

「羅蔓，妳幹嘛？」

「怎麼了？小蔓怎麼了？」

搖晃了半天，羅莉終於把羅蔓搖醒了。羅蔓睜著惺忪睡眼，還是一臉驚惶，「虎姑婆……虎姑婆咧？」

「虎妳個頭啦！三更半夜妳鬼叫鬼叫的，要嚇死人哪？」羅莉推了羅蔓一下，羅蔓這才清醒一些。

虎姑婆？鬼叫？

原來是自己做了惡夢。

「喔，虎姑婆……好在只是一個夢。」羅蔓喃喃自語。

「呵呵……虎姑婆？都幾歲了還在想虎姑婆？」

「如果是妳做了惡夢不會叫嗎？」羅蔓反問，羅莉啞了口，「我……」

「做了虎姑婆的夢是嗎？」被女兒叫聲引來的羅軒疆以憐愛的口吻說。

「誰教妳晚上沒事唱〈虎姑婆〉那首歌，看，把牠招來了喔！呵……」隨丈夫而來的何碧蘭打著呵欠，沒什麼要理會羅蔓似的。

「都是妳啦，把我和姊姊留在家裡，自己不知道跑去哪裡了。」

「呃？我？」何碧蘭一時反應不過來。

「嗯啊，只有我和姊姊在家，虎姑婆一直敲門，要我們放牠進來，我們不肯開門，牠就撞進來了，我當然要喊救命啊！」

「我什麼時候讓妳和羅莉在家？讓虎姑婆有機可趁，我自己怎不知道？」

羅蔓說的是夢境，何碧蘭竟然也跟著陷下去了。

「只是做夢，現在沒事了，睡覺、睡覺，明天還要上學呢！」羅軒疆說著大手一揮，大有散場的意思。

可是何碧蘭卻是還停留在「把兩個孩子留在家的情境」，她問，「虎姑婆說什麼？」

「啥？」羅軒疆不能置信老婆居然對羅蔓的夢有興趣了。

「虎姑婆就……」羅蔓將她的夢從頭到尾鉅細靡遺地說了一遍。

「呵呵，我就知道妳貪吃，想要虎姑婆那一些好吃的東西，妳看，知道苦了吧！」

「可是媽，我沒開門呢！」

「呃？妳沒開門？那虎姑婆怎麼進來的？」

「牠自己撞進來……」

羅蔓才說到這兒，二樓傳來一陣淒厲哭聲，是羅家小弟弟沒能安穩睡覺，那兩隻小精靈抓住沒大人在旁邊的大好機會，捉弄得他無力招架，只好扯開喉嚨大哭，好把「殿前侍衛」都叫回來。

「哇哇……」

「小昌昌為什麼哭了？」

「唉喲，該不會真是虎姑婆撞進來了吧？」

羅氏夫妻以跑百米的速度趕下樓去，羅莉早不耐煩回她自己房裡去了，這時又回復到羅蔓孤單一人，想著想著，不勝唏噓，在爸媽眼裡她還是沒什麼分量的，自己都已經說出做了虎姑婆惡夢的經過，也沒換得爸媽多一點安慰關愛，倒是小弟弟一哭嚎，媽媽自己就當是虎姑婆撞進來般的緊張，搶著去保護小弟弟。

當真和弟弟的地位差那麼多嗎？

兩隻精靈一旁看著，也忍不住直搖頭，尤其大頭精靈又想起自己的悲慘童年，那是一段爹不疼、娘不愛，慘不忍睹的歲月。

二　兩個搞怪姊姊

「羅蔓啊，妳在幹什麼？」

「嘻嘻……」羅蔓賊笑著一溜煙就往樓上跑。

放學後，趁著媽媽在廚房忙著，羅蔓蹲在地上和坐在螃蟹車裡的小昌昌玩，一時玩心大起，拿出這一天美術課用的彩色筆，在小弟弟臉頰上畫圈圈。何碧蘭一轉身看到她的心肝寶貝，兩頰上各是幾個紅圈圈，十足軟腳小丑，都快昏了。

「小昌昌啊，姊姊欺負你，你怎不出聲叫媽媽來？」

「嘻嘻……」

「你還笑？你要當姊姊的玩偶啊？」

「嘻嘻……」

「唉，你呀……」

何碧蘭嘆氣想著，她的小昌昌才多大，她能指望他有什麼反抗？

那兩隻體型截然不同，還寄生在羅家的精靈，老是在小昌昌跟前鬧，他被搔得心癢癢的，一直想跟祂們玩呢。

何碧蘭拿了條毛巾沾了水，猛在小昌昌臉頰上擦，擦得他一張小臉紅通通的，而且火辣燒痛直要閃開。這時大頭精靈故意撞了小昌昌，小昌昌被撞得雙腳一蹬，竟身手敏捷的螃蟹車一滑，就在客廳裡轉圈圈，何碧蘭回個身一把抓住，靠上前二話不說又擦了幾下，小昌昌痛得又轉頭又扭身的，搞得母子倆都痛苦不堪，那紅筆跡沒擦掉，還鮮明得很哪！

「唉喲，我湯鍋滾了，我也沒空陪你在這兒瞎混了，算了，晚上再幫你洗個乾淨吧！」

何碧蘭才剛往廚房走去，小昌昌就忙著追兩隻小精靈了。

不一會兒工夫，又一個姊姊進門了，看到小弟弟頂著一張畫了紅圈圈的臉，還很自我陶醉似的玩著，嘴巴慢慢從咧出一條縫，再到張得大大的「噗嗤」笑了一聲，還真搞不懂這種幾個月大的小人兒。

「媽，我回來了。」羅莉轉向著開放式廚房隔空高喊一聲。

「喔。」

「欸？底迪啊，怎麼只有你一個？小姊姊呢？」羅莉蹲下跟小弟弟說話，不必多想也知道，弟弟這張臉必定是那個愛搞怪的羅蔓弄出的把戲，「底迪啊，你真可愛呢！小姊姊把你畫成這樣啊。」

「嗯嗯啊啊。」小昌昌沾滿口水小手伸向羅莉，羅莉反射性地往後縮，再把小昌昌那兩隻「雞手」塞回他的嘴裡，「謝謝你喔，你自己享用就好。」

羅莉站起來本想直接上樓去，才走一步，小昌昌滑壘似的就跟上，羅莉回眸一望，小鬼大概是想要有伴吧！那就蹲下來陪陪他好了！

摸摸弟弟那顆大頭，回想起媽媽生弟弟的時候，就是因為弟弟的頭圍太大，煎熬了七、八個小時，那時他們都很擔心媽媽要難產了，阿嬤還在產房外大聲誦起大悲咒呢。

「你喔，有顆大頭呢！」

「嘻嘻……」

「呃？你也知道喔？『大頭大頭下雨不愁，人家有傘，你有大頭。』」羅莉唱著唱著又揉揉弟弟的頭，順手再捏捏他的小臉和下巴。

廚房裡忙著的何碧蘭聽見羅莉唱著大頭歌，趁隙回頭張望一下，心裡甜滋滋的，還是羅莉穩重懂事，不像羅蔓那個頑皮鬼，老是尋她弟弟開心。

「又來了，你又來了，『雞手』你自己吃，大姊姊不吃。」及時攔截小昌昌那雙沾滿口水醬的手，羅莉皺了眉。

「嗯嗯啊啊……」

「不聽話，大姊姊不陪你玩囉！」

「嗯嗯……」

「好，你不乖，大姊姊就罰你。」

羅莉從書包拿出黑色簽字筆，就往小昌昌下巴上畫，一條、兩條、三條，「讓你當個長了三條鬍鬚的小小怪老頭好了。」

在客廳裡四處飄著的小精靈，實在搞不懂羅家這個新小人，怎麼遇上姊姊們欺負他的時候，他都最高品質靜悄悄的，任由她們在他臉上做文章，好像他是一張白紙，專為兩個姊姊作畫而準備的。

「羅莉啊，去把書包放好，準備要吃飯了。」何碧蘭從廚房看向客廳，朝著羅莉的背喊著，「順便叫羅蔓喔！」

「喔，爸爸今天不回來吃飯嗎？」正低頭陶醉於自己傑作的羅莉，沒注意到她家爸爸正要進門。

「爸爸？不是正開門要進來？」

「呃？」一仰頭，還真是看見她老爸了，這下子得趕快跑離現場，要不，待會兒她這個現行犯就沒得狡辯了。

「咻」的一聲，羅莉奔得像十萬大軍在她背後追趕似的，別說看得何碧蘭一頭霧水，連剛進門腳才踏上客廳地板的羅軒疆，也大大出了聲「呃」，等到小昌昌滑壘似的滑到羅軒疆腳邊，拉著他褲管，仰著頭嗯嗯啊啊個不停，羅軒疆一低頭，「欸？小昌昌你這是……」

羅軒疆放下公事包，彎腰抱起他的小寶貝，既不帶氣又覺得好笑的念著：

「哎呀，大姊姊真不乖，把你扮成怪小頭啦！」

「不是羅莉畫的，是羅蔓。」邊走進客廳的何碧蘭說。

「剛才是羅莉在客廳。」明明是羅莉像見了官兵似的逃了去，怎麼老婆應要栽贓給羅蔓？

「我知道，羅莉下課進門就陪小昌昌玩，羅蔓早一點回來，她拿紅筆畫……」

何碧蘭正說著，在羅軒疆懷裡的小昌昌轉過來看媽媽，這一對看，何碧蘭傻眼了，

「咦？怎麼多了三根鬍鬚？」

小昌昌看見媽媽來到跟前，兩隻肥嫩嫩還垂滴著口水的小手一搭，拉住媽媽的圍裙，鑽進媽媽懷裡了。

「厚，這兩個女孩是怎樣了？看小昌昌不爽啊？當初不也是她們硬吵著要生個弟弟，現在是怎樣了？反悔啦？一天到晚找弟弟麻煩，看他年幼可欺，仗著人多勢眾，兩個人聯手起來欺負他孤家寡人一個，把他當玩偶耍……」

何碧蘭霹靂啪啦念了一大串，兩隻精靈感到頭疼，分別推著小昌昌的左右手，讓他不停拿他的小手去塞媽媽的嘴。偏偏媽媽還不懂人家是要她閉上尊口，還一逕說著。

「小昌昌啊，你也太軟弱、太好欺負了，下次給點顏色讓這兩個姊姊瞧，別讓她們把你看扁了……」

羅軒疆看這情形，他老婆火氣正大，很識趣的不隨便開口，免得稍一不慎被波及到，那就衰死了！

那兩個捉弄了小弟弟，然後就不見人影的姊姊，耐不住餓得前胸貼後背的肚子咕嚕咕嚕慘叫，賊兮兮地躡手躡腳下樓來了。早在樓梯間就聽見媽媽連珠炮的轟炸，這會兒兩人已一前一後的站在樓梯最下面一階了，媽媽的嘴還是沒闔上的意思，兩人不得不怯怯的發了聲。

「媽，妳不要再生氣了嘛！」兩人分別跑向前各挽住何碧蘭一隻手，「人家是和底迪玩的嘛！」

「玩？玩成這樣？換作是妳們，要不要讓人家在臉上畫這些？」

「不要。」一個出聲，一個搖頭。

「妳們都不要了，卻是把小昌昌畫成這樣，雪蓮阿姨家的蘇芙就不會對她弟弟這樣……」

「哎呀，媽，蘇芙那是太老成了，不夠天真可愛。」羅莉說。

「媽，主要是人家底迪他喜歡嘛！對不對啊？底迪。」羅蔓說著再逗弄小昌昌，她就是有辦法把六個多月大的小昌昌逗得笑咯咯。

「咯咯……」

「妳看嘛，媽，底迪愛得很呢！」

「唉喲，小昌昌啊，媽媽真拿你沒辦法唷！」

「好了，好了，這叫一個願打、一個願捱，沒話說了。」羅軒疆大手一張，把四個母子全攬在一雙手臂之間，「老婆，開飯了吧？」

兩隻小精靈鑽著縫想擠進去，也沾點這個家庭的溫暖，哪曉得小昌昌壯碩的腿一蹬，把兩隻精靈給踢到牆角哀哀叫了。

對於羅莉和羅蔓兩姊妹而言，弟弟是她們家經過一段小靈異插曲之後才有的，她們當然是不討厭。

回想起那陣子小魔神仔弟弟吵著要當她們家的孩子，整天到處亂飄和她們大玩捉迷藏，老讓她們一樓到三樓跑上跑下累得氣喘吁吁，她們就曾說過：「等這臭小子真生出來，就換我們好好整整他。」

姊妹倆這也不過是偶爾和他玩，玩著玩著，一時心癢難耐，就會想要逗弄逗弄一下而已，純粹只是好玩罷了。至於媽媽說蘇芙都不會捉弄她弟弟蘇適，根本不是事實。羅莉在雪蓮阿姨家就親眼見過，蘇芙拿了一條蘇適的專用紗布巾蓋住蘇適的小臉，然後在蘇適快不耐煩要用手去抓的時候，蘇芙對著蘇適臉上的紗布巾吹氣，紗布巾的邊邊角角騰起又落下，蘇適被撓搔得咯咯笑不停。

可見小娃娃都喜歡人家逗他們、玩他們、捉弄他們。

在小昌昌臉上畫圈圈只是其中一件，小昌昌還小一點，大約兩、三個月大的時候，羅蔓還曾經一手抓住弟弟雙腳，給他來個倒栽蔥。一般娃娃遇上這種事，可能早就嚇得嚎啕大哭，要不就是驚嚇得「ㄔㄨㄚˋ青屎」，羅家這個小昌昌，因為家裡飄來的兩個精靈老是倒頭栽瞧他，他因此對於這類的倒掛金勾，一點也沒在怕的，不只完全不看在眼裡，連兩個姊姊「玩」他的時候，他還很享受呢。

姊弟之間這些互動，總是快嚇破何碧蘭的一顆小膽。

「要死啦，羅蔓，妳以為妳提的是小雞啊？」

「不是啦，我是在訓練底迪倒吊單槓啦！」

「吊妳個頭啦，要吊自己去吊。」

「欸，我是在為國家培植體操選手呢。」

「呃？體操選手？體操選手會從這麼一丁點大開始訓練嗎？」

「為什麼不能從這個時候開始練？從現在開始訓練小昌昌，說不定將來他可以代表我們國家去參加奧運比賽呢。」

「免免免，哪有人從幾個月大就訓練，妳這是『揠苗助長』。」何碧蘭這個成語用得很精準。

「我這是不要輸在起跑點。」

「什麼？他才幾個月大，還我還我，把小昌昌還我。」何碧蘭忙伸出雙手要抱回她心肝寶貝。

「哼，你就比較寶貝，媽都捨不得讓你『倒頭栽』，捨不得讓你接受磨練，你啊，等著當軟腳蝦好了。」羅蔓用力就把小昌昌往媽媽的大床一放，那粗魯的動作讓何碧蘭神經又全緊繃了起來。

「要死啦，摔這麼大力，妳要把小昌昌摔得怎樣了，看我饒不饒妳？」

「軟綿綿的席夢思床是會摔成怎樣？」羅蔓順手還用手指用力撇了小昌昌的臉頰。

「妳還有話說？」何碧蘭是握著右拳準備敲一記，但羅蔓早跑得無影無蹤。

羅莉玩小昌昌的方式又是另一款。

中秋假期在家看著媽媽幫小弟弟換尿布，一旁的羅莉逮住空檔，抓起小弟弟一雙金華火腿似的腿，前後左右上下的移動，口裡還喊著口令，「one more two more……」

「羅莉啊，妳是要把小昌昌的腳折斷啊？」

「我在幫他做運動，one more two more……」

「夠了夠了，妳就別再more了，小昌昌才三個月大，妳以為他是運動選手啊？」

「媽，你這樣太保護底迪，以後他成了軟腳蝦，看妳怎麼辦？底迪，媽媽不想要你太健康喔！」

唉呀，兩個女兒都說到不好好鍛鍊小弟弟，以後會成了軟腳蝦，這媽媽難道不擔心？

「去去去，小昌昌的鈣多著呢，妳啊，少在這兒挑撥我們母子的感情。」

「哼，你們就母子，我們就不是母子喔？」

「呃？」

這還是媽媽看得見的時候，多少還能出手來解救羅頌昌，若是媽媽忙著在樓頂晾衣服，或是廚房裡忙著，那羅頌昌就是沒了母雞保護的小雞，活該任由姊姊們擺佈囉！

這一路小昌昌讓兩個姊姊東捏西捏，又跟著寄居家裡那兩隻精靈四處游移，也長到要學站學走路的階段了。

何碧蘭若沒空，就是將小昌昌往螃蟹車裡放，小昌昌雖然年幼，可也志氣高，總是不服輸的追趕精靈朋友，將偌大的開放式客餐廳，當成溜冰場般的溜過來滑過去，橫衝直撞不說，有時還像爭著滑壘似的，衝得都快翻出他的座車。

這情形家裡人都看在眼裡，彼此都相互叮嚀，隨時注意螃蟹車裡的小昌昌。

可那活力十足的模樣，真會讓人以為他吃下不少含糖食物。何碧蘭是努力了好一陣子，才控管好自己不拿含糖食品餵養小昌昌，這是後來也當了媽的雪蓮，特別和姊姊分享的新知。

「姊，小孩不要太早給他們吃糖果、巧克力這些的零食。」

「為什麼？小莉三歲多就開始吃巧克力，妳看她非巧克力不可。」

「現在醫學研究，小孩子越早接觸甜食，會減慢認知發展的速度；而且經常吃甜食的兒童，發育速度也會減慢。」

何碧蘭一路看著自己父母依照妹妹那一套，把雪蓮的兩個孩子照顧得很好，越來越相信含糖食物不利幼兒的發育，也就在家裡嚴禁給小昌昌「嚐到甜頭」。有時看到小昌昌這麼有活力，直接就問羅莉：「妳是不是給小昌昌吃了巧克力？」

「小昌昌能吃巧克力嗎？」羅莉很不喜歡媽媽對她的不信任，末了再補一句：「好喔，我等一下就拿巧克力給小昌昌吃。」

「媽，妳又不是不知道巧克力是羅莉的命，她會捨得給小昌昌嗎？」

羅蔓這話持平中肯，何碧蘭相信，但眼前把家裡當運動場的小昌昌，她也只能當小昌昌是營養太好，以致好動了點。

羅莉對待活力弟弟的撇步是，找來兩條長布條，就將小昌昌那兩隻腳，分別綁在螃蟹車兩側，這時的小昌昌就只剩下原地扭動屁股，其他的神功可就一丁點也使不上來了。羅莉若是心血來潮，乾脆就幫弟弟使力，將她小弟弟那座車直轉圈圈，轉得是車裡小人「哇哇哇」叫，羅莉則是哈哈大笑。

然後再很「人性」的解下布條，安慰弟弟，「綁太久你會變成外八字，不好看，大姊姊幫你解除危機啊！」

說得倒像是施了大恩惠給羅頌昌，誰叫七、八月大的羅頌昌是有口不能言，只能啞巴吃黃蓮，把痛苦全吞下肚，最後還為羅莉解了兩條布的束縛而咧嘴笑著，以示感激之意，可這笑容還被大姊姊誤解了呢。

大頭精靈對這情況羨慕極了，總是跟小個幽靈說：「我真想讓姊姊這樣玩我呢！」

小個幽靈雖也愛玩，但祂走健康路線，對於大頭精靈的說法祂嗤之以鼻。

「你神經啊？愛被虐待，那是非人遊戲哪！」

「我們本來就非人啊！」

「呃？」小個幽靈一時語塞，停了一下才回話，「算了，你愛被虐就去吧，不過也得人家姊姊要綁你。」

小個幽靈的話不無道理，大頭精靈歪著頭想，該怎麼讓姊姊願意玩祂、綁祂？

「笑？你喜歡被綁啊？好吧，下次再玩。」

羅莉解讀錯誤，是他羅頌昌大不幸，可羅莉沒立即再綁，又是他羅頌昌不幸中的大幸了。

「姊，妳這樣會妨礙底迪的成長，有虐待嫌疑喔！」羅蔓不認同羅莉的作法。

「妨礙個頭啦，我是在教他『定、靜、忍』，他要是從小心性能定，以後就能成大器了。」也不知什麼時候在哪本書上看過『定、靜、忍』的字眼，羅莉這會兒拾人牙慧，還大方得很哪！

「拜託，妳害底迪苦不堪言，還說啥『定、靜、忍』？」

「嗯……這佛學的心下功夫哪那麼容易？當然是苦的嘛！」

「妳少在那裡胡說八道，底迪現在才多大，妳訓練他『定、靜、忍』？妳乾脆教他打坐好了！」

「打坐？也是可以的，等弟弟脊椎長堅固一點、坐穩一些，我自然會教他的，妳放心。」

「吼，我隨便說說，妳還當真？」

「那不然咧。」

羅蔓覺得羅莉這作法太沒人性，她不搞這個「奧步」，但她也不喜歡老是要追著小昌昌跑，她可不想自己的事沒做，人就累癱了。她是姊姊，不是媽媽，沒那個義務讓小昌昌操到虛脫。

所以，她啊，是先把小昌昌抱起來，再放下螃蟹車時，就不讓他的兩腿穿過螃蟹車座墊旁的兩個洞，而是像練瑜珈那樣的讓小昌昌那兩隻腳丫子就在自己眼前，他索性就玩起自己的十個腳趾頭了。

「妳這就人性？又不是練瑜珈？」

「至少我沒用外力綁他，而且他自己也玩得高興啊！」

「笨底迪啊，自己的腳丫子有什麼好玩的？」

「呵呵呵，跟大姊姊說，這才好玩呢，是不是？底迪，玩自己的腳丫丫，真好喔。」

羅蔓這麼做還有一個好處，那就是她不必追著小昌昌跑，她也可以拿本漫畫在旁邊看。

總在他們四周飄來飄去的大頭精靈和小個幽靈，其實是羨慕小昌昌的，他們羨慕他有這麼溫馨的家庭。

「你說說，這個小鬼他何德何能？竟然可以投胎到這麼優的家庭來？」大頭精靈語重心長。

「是啊，是因為他纏功到家，這個媽被他纏得沒辦法了，只好生他？」小個幽靈說。

「你是說只要我們把這個媽媽纏得讓她投降，也有希望投胎到這個家？」

「嗯，理論上是這樣沒錯。」小個幽靈沉思了一下說：「不過這年頭生三個孩子的已經算是多產，她還會想生第四個、第五個嗎？」

「說的也是喔！那怎麼辦？我們就放棄嗎？」

「我也不知道呢。」

「但我真喜歡這家的媽媽，是賢妻良母，一切以家人為重，不像我前世的媽，眼裡只有她自己的吃喝玩樂。」

有時羅蔓也會心起憐憫，就暫時放下漫畫，陪她弟弟玩上一玩。

不過多半時候小昌昌就得認分點，練瑜珈、玩腳趾便是了。若是遇上小昌昌不耐煩一直把玩自己的腳丫子，這時他就會哼哼唧唧的伸手拉扯羅蔓，羅蔓多半只顧看漫畫，頭也沒抬，懶得搭理小昌昌，頂多隨手拿起小昌昌的專用安撫奶嘴塞進他嘴裡。

「底迪乖，小姊姊看書，你乖乖玩自己的腳丫子，別吵我喔，！」

羅蔓讓她弟弟曲折一雙腿已經大半天，再沒脾氣的人也要發火了，何況還是這七、八個月大，番起來會嚇人的娃兒。

羅蔓還沒生氣，小昌昌先生氣了。姊姊們生氣是罵人、摔書本、用力甩門和吃東西，偏偏小昌昌這時什麼都得靠別人，生氣，就那一招，扯開喉嚨乾嚎囉！

「嗚嗚……哇哇……」

「底迪乖，不哭，來，玩這個。」

羅蔓把媽媽綁在螃蟹車上的小玩具塞給小昌昌，這小子有個性的很，一把推開。

「赫，你不要，不要就不給你喔！」

「嗚嗚……哇哇……」

「羅蔓啊，小昌昌怎樣了，怎麼哭成這樣？」媽媽隔著兩層樓向下高聲喊著。

「沒怎樣啦，他就愛哭嘛！」隨便回答媽媽之後，再念弟弟兩句，「你看你，煩呢，再不安靜，就給你塞布條喔！」

小昌昌哪懂得什麼是塞布條，他不舒服就儘管哭，只要哭到媽媽來，他就得救了。在他七、八個月大的腦袋裡，他也是知道，信媽媽，得自由。

羅蔓讓小昌昌的哭聲給煩到了，居然也忘了該讓弟弟恢復正常坐姿，自己就跑回自己房間。平常羨慕小昌昌的小精靈，看到他這悲慘狀態，互瞄一眼，彼此傳達的訊息是，「這家孩子好像也沒多幸福嘛！」

兩隻精靈也想保護手無縛雞之力的小昌昌，問題是人鬼殊途，手才伸向布條，就穿越過去，根本沒辦法幫他解開結。這一忙，兩個也忙得滿頭大汗。

何碧蘭晾完衣服下了樓，一看，小昌昌已經哭得一頭一臉的眼淚鼻涕，那一副無助且不良於行的模樣，真是教何碧蘭這個做媽的「痛徹心扉」啊！

「好啊，羅蔓妳這個死丫頭，把我的小昌昌整成這樣。小昌昌，乖，小姊姊壞壞，馬迷不要喜歡小姊姊，馬迷喜歡你喔，乖。」

小昌昌受到的「非人」對待，媽媽總會在晚餐桌上拿出來，一五一十的向羅家戶長報告。

「羅莉、羅蔓這兩個真不像話，老是欺負小昌昌。」

「她們怎麼欺負寶貝的？」

「就這樣……那樣……」

稟報完畢，做爸爸的羅軒疆雙目射出兩道寒光，羅莉、羅蔓兩姊妹自知理虧，立即表現出懺悔姿態，垂下頭去等著訓話。

「妳們兩個欺負這個手不能提、肩不能挑的小弟弟，說出去會讓人家笑掉大牙，勝之不武。」

「呃？」何碧蘭一愣，這爸爸在說什麼啊？「老公，又不是比武，還什麼『勝之不武』？」

「是嘛！」這一聽兩姊妹抓住時機抬頭挺胸，羅莉說，「我是教底迪修行。」

「修行？」羅氏夫妻詫異，「小昌昌又不出家。」

「修行又不一定是要出家，阿嬤也沒出家。」羅莉吞了一下口水再說，「底迪太好動了，我教他『定、靜、忍』的功夫。」

「呵呵……笑死人了，妳自己都欠忍功了，還要要教小昌昌。」

羅軒疆忽忽想起他總給四、五歲的羅莉巧克力，雪蓮曾跟他說過，過早給孩子吃甜食，會影響孩子的成長發育，而且容易過敏和生氣。後來對照羅莉的容易發脾氣，也就相信雪蓮的理論，但羅莉已將巧克力視為安慰劑了。

「你們……」被爸媽吐嘈的羅莉一時語塞。

「對嘛！我那個才是教底迪專注自己腳丫子，好達到『一心不亂』的境界。」

「妳們兩個少在那裡自圓其說，妳們哪是教小昌昌什麼，妳們啊，是捉弄他、欺負他。告訴妳們喔，可別小看小昌昌現在還沒反擊能力，等他長大一點就有妳們瞧了，誰怕誰啊？對不對啊？小昌昌，我們啊，君子報仇，三年不晚。」

小昌昌還聽不懂他老爸的這一番話，可他咧嘴嘻嘻笑著，讓何碧蘭滿心安慰想成這孩子聰慧，到底是明白他爸爸所說的。

其實，小昌昌正和在他腳下鑽來鑽去的小精靈玩得愉快，飯菜糊得滿桌都是。

三　三個頭痛孩子

「羅蔓啊，妳又在幹什麼？」

「是底迪啦！」

樓上傳來乒乒乓乓聲音，彷彿正有一隊亂馬奔騰來回殺得正酣，廚房裡正忙著的何碧蘭根本分不開身。

然而就算她再焦急，也得忍住。

何碧蘭手持鍋鏟，炒鍋裡「鏘鏘鏘」的大力揮舞，企圖用這聲音來壓制樓上的聲音。何碧蘭對鍋鏟「鏘鏘」聲早是習以為常，大半時候還能自得其樂。不過，今天她帶氣的炒菜聲，倒是大到帶了殺伐的氣，連聲震痛了剛進門的羅莉耳膜。

「媽，妳幹嘛？鍋鏟哪裡得罪妳了？這麼用力？」

「……」廚房彈丸之地，又是鍋鏟鏟動，又是排油煙機轟轟作響，何碧蘭根本沒聽見女兒的聲音。

「媽，妳幹嘛？鍋鏟哪裡得罪妳了？這麼用力？」羅莉走進廚房，附在何碧蘭耳畔用力吼道。

這一下把何碧蘭驚嚇得一跳。

「要嚇死人啊？這麼大聲，把媽媽嚇死，妳可沒好處。」瞪了羅莉一眼。

「誰教我小聲問，妳不回答。」羅莉嘟嘴。

「我又沒聽到。」

「媽，我上去了喔！」羅莉轉身就要上樓。

「妳上樓去，順便幫我看看羅蔓怎麼欺負小昌昌？妳把小昌昌抱去妳房間好了。」

羅莉仰頭也聽得清楚，樓上傳來大小不等的乒乒乓乓聲響，但她卻是這樣堅定的說：「媽，我可以幫妳去看看小昌昌怎麼了，但是要我把他抱到我房間，呃，恕難從命。」雙手還抱拳致歉。

「妳說什麼……」羅莉早已旋風般的不見人影了，除了搖頭嘆氣，何碧蘭還能做什麼，「唉，什麼事都得媽媽我自己來，妳們都不會不好意思啊？」

何碧蘭好不容易將晚餐打點好，顧不得喘口氣歇息片刻，一口氣就直上三樓。一看，羅莉房門關得緊緊的，彷彿害怕開了門會有禍事上門似的。何碧蘭搖搖頭，就這須臾時間，她也得努力讓那顆就要跳出胸口的心臟慢慢平息。

相較於她怦怦跳動的心脈，這時的羅蔓房間悄然無聲。何碧蘭不禁狐疑起來：這就怪了，方才她在樓下不時聽見的聲響，現在哪裡去了？

何碧蘭向前瞄一眼，虛掩的門裡好像剛經歷世界大戰似的，整個地板亂成一團，那一剎那，何碧蘭想的是，我的小昌昌啊，你可別葬身在這堆玩具和書本當中啊！

推開門，一看，羅蔓房裡的書架清潔溜溜，沒留一本書。書呢？全都歪七扭八的橫陳地板上。小昌昌呢？何碧蘭一陣焦急，卻見小昌昌正一手扶著牆，一手拿著一支彩色筆，像追什麼似的，猛向前推進，牆壁便出現一條條藍線條。

「唉喲，小昌昌，你在做什麼？這牆壁呢！」何碧蘭一把搶下小昌昌手中那支藍色彩色筆，順便叨唸羅蔓幾句，「小蔓啊，我不是要妳幫忙看著小昌昌，妳怎麼讓他把妳房間搞成這樣？還讓他拿彩色筆畫牆壁。」

「我明天要考三科。」羅蔓心裡想的是，弟弟在一旁玩著，既沒吵她，也沒發生危險，各自安於各自專注的事，不是很好嗎？

「唉，妳啊……」

何碧蘭真不知該說什麼，羅蔓打從升上五年級之後，學習態度與之前相比簡直翻了好幾翻，現在她是卯起來讀書。雖然努力認真是可取的，但何碧蘭卻也不希望她因為讀書，整個人六親不認。

偏是這時見到羅蔓只顧埋首讀書，連自己房裡已被弟弟「夷為平地」，甚至可說「滿目瘡痍」了，她還能「老僧入定」的不受影響。何碧蘭又生氣又心急，情急之下話裡就帶情緒了。

「小蔓，妳是讀書讀到六親不認了？讀到泰山崩於前也沒感覺啊？小昌昌把妳的房間弄得一團亂，妳也沒關係？只顧讀書，有什麼用？這就像阿公、阿嬤說的『冊讀去尻脊後』，那就算讀第一名也沒路用……」

剛剛在小昌昌面前誘著他往前追的兩隻精靈，早在何碧蘭進羅蔓房間時，已被她那橫眉怒目嚇得躲在天花板，此刻提心吊膽看著這一幕，就在何碧蘭一句「冊讀去尻脊後」說出口時，兩隻精靈同時各拍了自己的額頭嘆了口氣，「這話真傷人呢！」

話果然傷了羅蔓，羅蔓真不知道大人頭腦怎麼想？媽媽可知道為了要能追上羅莉的程度，羅蔓是下了多大的工夫，為了能拿到前三名的成績，別人一次就懂的，她花了比別人更多的時間去弄清楚，而這一切，還不是為了能博得父母的笑容？現在她專心讀書，媽媽反而說這是沒有用的。

「砰」一聲，羅蔓用力放下書，再從書桌前站起來，臭著一張臉，一句話也沒吭的下樓去了。

「……」

何碧蘭愣住了，小昌昌也被小姊姊突如其來的動作和聲響嚇得愣住了，一屁股坐下地，抓起一本書，就要撕下去。

兩隻精靈一左一右飛撲下去，「不能撕，書是用來讀的。」

小昌昌骨碌碌的眼睛盯著前方看，就在那剎那間，何碧蘭一個箭步向前，搶下了小昌昌手上那本書，低頭一看是《小王子》，再抬眼望一下房門，羅蔓早就跑得無影無蹤，何碧蘭這時才欣慰羅蔓這孩子不是只知道讀教科書而已。可是，剛剛那些話……唉，低頭看一眼爬到身邊的小昌昌，順手捏一捏他的小腮，「都是你啦，小昌昌，小壞蛋，你喔，生雞卵的無、放雞屎的有啦！害媽媽火氣一來罵了小姊姊。」

又飄回天花板的兩隻精靈撇嘴笑著，他們不約而同都想了，未來自己投胎之後，會是生雞卵的？還是放雞屎的？

「怎麼了？菜不好吃啊？小蔓怎不多吃點？」

羅軒疆方才已經看到羅蔓只盛了半碗飯，心想莫非是這孩子今天小考不順利，心情不好，又怕一開口說到孩子傷心事，索性問到別項上。

「哪會不好吃？都她們愛吃的。」神經少一條的何碧蘭，又要餵食給娃娃餐椅上的小昌昌，又忙著自己也得填肚皮，早忘了晚餐前自己那一番殺傷力極大的話，在羅蔓心裡砍出的傷痕還在滲血。

「嗯，好吃，媽媽煮的乾煎黃金豆腐最好吃了。」羅莉將一塊煎得酥酥的雞蛋豆腐送入嘴裡，再夾一撮高麗菜，「還有啊，媽媽炒的高麗菜加了櫻花蝦，簡直是人間美味嘛！」

羅莉說的一點也不虛假，就連高掛吊扇的兩隻精靈都口齒生津呢！

「哼，拍馬屁不花錢。」羅蔓嘟囔了一句。

「呃？」三人一齊向羅蔓行注目禮，不，連小昌昌這「罪魁禍首」也向他小姊姊直眨眼，還伸手去拉坐在他旁邊的羅蔓，但卻是拿熱臉貼人家的冷屁股，讓人家給不留情的斥喝一聲了呢！

「走開，不要摸啦！」

「小蔓妳怎麼了？」好性子的爸爸耐住性子問。

「沒啦！」

「她就是愛陰陽怪氣。」羅莉湊起熱鬧了。

「要妳管，馬屁精。」

「爸，妳看羅蔓啦！」

「有，老爸我有看見啦！」爸爸很幽默。

「小蔓，妳是哪根筋不對？」媽媽也開口了。

這時小昌昌不耐等，雙手猛拍他專用餐椅的檯面，彷彿說著，「來人哪，還不快上菜，是要餓死少爺我啊？」

因他這一拍，羅莉想起回家時瞥見羅蔓房裡那一幕，後來似乎又聽到媽媽指責羅蔓，羅蔓此刻的不爽快，八成肇因於那時。

「我知道了，還不就是小昌昌這個害人精，你啊，害小姊姊被媽媽罵了喔！」

羅莉捏捏小昌昌鼻頭。

何碧蘭這也才回想起晚餐前那一幕，可她看一眼坐她身旁的小昌昌手握小湯匙，奮力挖著他專用飯碗裡的飯菜，她怎忍心破壞小昌昌的食慾，再開口罵他呢？那就來個裝聾作啞，當做什麼事都沒發生過，認真吃飯就好了。

別說羅蔓看到媽媽故意裝「卒仔」，心裡很嘔，就連吊扇上的精靈也覺得媽媽這行為不足取，兩個都想捉弄一下媽媽。

羅蔓真不喜歡媽媽把弟弟看得比什麼都重要，他不乖、他搗亂，也該要處罰啊。這一想就有幾分埋怨自己，當初幹嘛跟著起鬨要媽媽生個弟弟，沒事讓自己在這個家的地位再掉一階。自己現在拚了命讀出的好成績，媽媽並不引以為傲，反而說她是白讀了。

我真的白讀了嗎？羅蔓再問自己一遍。這個弟弟不是以前那個精靈弟弟來投胎的嗎？為什麼以前那個阿飄弟弟可愛，現在這個小昌昌煩死人呢？

「唔……」何碧蘭感覺自己眼花了。

「怎麼了？」羅軒疆問。

「呃……我好像看到阿飄。」何碧蘭嚥下口水說：「還兩隻咧！」

「啥？」眾人發出碩大聲音，氣流把兩隻輕飄飄的精靈震出窗外。

「我吃飽了。」羅蔓三兩口把那半碗飯扒光，椅子一拉，丟下一句，人就往三樓去了。

「吃這樣哪會夠？小蔓……」隨媽媽去喊吧，羅蔓腳步並沒打住。

「好了，好了，她心情不好，讓她靜一靜，餓了她就會自己找吃的。」羅軒疆明白這節骨眼上，硬是把羅蔓喊下來也無濟於事，太強硬的話，反而有可能適得其反，還不如接受現在有情緒的羅蔓，當她情緒平靜一點時，就好說話了。

即將進入青春期的孩子需要足夠的營養，尤其羅蔓每天專注學習，耗盡腦力的同時也耗掉許多熱量，所以營養的補充是缺不得的。平常她也是得兩大碗米飯下肚，才堪堪有飽足的感覺。今天實在生媽媽的氣，乾脆連她煮的飯菜都不情願多吃，可是嘔氣的結果是自己吃虧。才過八點半，羅蔓肚子就餓得咕嚕咕嚕叫個不停，她只有靠猛吞口水，去掩蓋不預警就一波波襲來的飢餓感。

已經嚥下好幾次口水，肚子也越來越餓了。

怎麼辦？下樓去廚房找吃的吧！

才不呢，這樣準會讓媽媽看扁。

可是不下樓去吃點東西，萬一餓昏了怎麼辦？

就這樣掙扎又掙扎，忍了又忍，羅蔓終於心生一計，何不出去透透氣，小逛一下，吃點好吃的再回來，那可就能生龍活虎一般了。

匆匆蓋上書本，從抽屜拿出小錢包，心情輕鬆的步出房間。輕手輕腳下了樓，快速穿過客廳時，眼睛黏在電視螢幕的媽媽，只顧看《命運好好玩》，完全沒感覺羅蔓的出現，是爸爸神經細了點，看到，還問了話。

「小蔓，妳要去哪裡？」

「呃……我出去走……噢，買枝筆。」

「爸爸陪妳去買……」羅軒疆實在是好爸爸，很用心要保護孩子。但是羅蔓可不領他這份情，她一聽老爸這麼說，以迅雷不及掩耳的速度，根本沒讓羅軒疆有反應時間，門把一扭，再說了聲「我出去了」，人也就像瞬間吹起的龍捲風，咻的捲出門外了。

「呃？小蔓啊……」

羅軒疆再頹然坐下沙發，正好是電視廣告時段，何碧蘭這才回神到現實來。

「咦？你幹嘛？一下子站起來一下子又坐下？」

「……」

「欸？剛剛不是聽你在叫小蔓，小蔓咧？」

「小蔓出去了。」

「出去？她去哪裡？」

「說是去買筆，我看哪，八成是肚子餓了，去吃什麼東西吧！」能推測出羅蔓的想法，真不愧是羅家爸爸！

「吃東西？我們家就有東西了，幹嘛還要出去？她是要去吃什麼？」

「小蔓心裡一定還不舒服著，所以……」羅軒疆突然想到該問問他老婆，晚餐前發生了什麼事，「晚餐前小昌昌和小蔓是怎樣了？」

「喔，那個啊，就我要煮飯，讓小蔓陪小昌昌玩，結果……」

羅軒疆等了半天，老婆怎麼不往下說，原來廣告結束，何碧蘭的眼睛又被螢光幕吸去了，她那直線式行進的腦神經也就沒能再如常運轉，一切只好停擺。

羅軒疆嘆了口氣，伸手撫了撫已經在沙發躺平睡著的小昌昌，順了順他柔細的頭髮，明明是這麼天真可愛的孩子，他到底是怎樣惹惱了他的小姊姊？

羅蔓走出家門，也真不知道要去哪裡找吃的。平常都是在家吃媽媽的拿手料理，除了幾次和范慈倩去麥當勞外，還真找不出自己單獨外食的記錄。羅蔓這時茫無頭緒不知該走去哪裡、該吃什麼。晚餐時被震出窗外的兩隻精靈，也趕來湊熱鬧，一左一右宛如護法一般，走著走著，走出巷口，看見那家常是門庭若市的牛老大麵館，正冒起「這家麵館的麵真有那麼好吃」的疑問，肚子也正叫了幾聲咕嚕咕嚕，兩隻精靈順勢一推，羅蔓感覺怪怪的回頭一望，四下安靜，也就沒做他想的筆直走進牛老大麵館。

「歡迎光臨。」

羅蔓一愣，真有禮貌。

「同學，請問吃什麼？」才問著菜單就送上前。

低頭看菜單，羅蔓想該吃什麼咧？眼睛正巧看見菜單上……

咦？神奇牛肉麵？這什麼麵？一般是有紅燒、清燉，這家牛老大怎麼就來個神奇？

羅蔓一雙眼盯著神奇牛肉麵看，一旁等著的服務生看了直接問道：「要不要來一碗神奇牛肉麵？」

「什麼是神奇牛肉麵？」

「嗯……這……妳吃了就知道。」

服務生回答的時候，羅蔓瞧見了他眼神快速閃過的一絲絲詭譎、曖昧，這麵到底有多神奇，還要賣個關子，要顧客自己品嚐體會。

難不成牛肉麵裡加了什麼奇奇怪怪的東西？哼，就不信你們麵館敢做怪！

羅蔓當真點了一碗神奇牛肉麵。

那服務生轉身離去時，羅蔓總覺得他正掩嘴竊笑，那賊兮兮的模樣教羅蔓心裡不禁起了幾分後悔，莫非自己是中了他的計，點了這個奇怪的麵，吃了可能身體就會作怪了。

其實羅蔓沒注意到服務生唇角兩邊，各有一隻精靈拉著，因為兩個力道不同，才會有那種似笑非笑的賊樣。

羅蔓本想把服務生再喚回來，改點其他的麵品，想想又作罷，既點之、則安之，了不起是被他陷害拉個肚子吧！

等著店家煮麵時，羅蔓腦海不斷揣測神奇牛肉麵，到底是哪裡在神奇，它的神奇度又是多少，忐忑中多少夾帶著些許期待。

「同學，神奇牛肉麵，請慢用。」

「謝謝。」

羅蔓仔細盯著眼前這一大碗麵，先是目不轉睛的看著，暗褐色的牛肉湯，一坨雪白拉麵安穩在大碗中，幾塊牛肉和白菜、蔥屑很隨性地躺在碗裡，就是一般的牛肉麵嘛！哪裡神奇了？真是的，耍這啥噱頭？欺騙顧客嘛！

呃？該不會是湯頭裡有啥奇怪東西，吃了不知道會不會真瀉肚子？甩甩頭，羅蔓要勇敢品嚐了。

她先用湯匙舀起一匙湯喝下肚，嗯，不錯吃，超清爽的，沒有一般麵館裡過濃的八角味。方才對店家的埋怨因此減少一些，心理上的防衛也鬆弛了一些，同時還多了點幻想，麵和牛肉塊應該也不錯吃吧。

精靈看她吃得如此陶醉，互相挑了眉，然後一前一後跳進麵碗裡，祂們莫非要做個牛肉湯浴？

羅蔓拿起筷子要夾麵來吃，一低頭……

咦？麵碗裡那是……浮印在湯裡的兩個人影……聲音經過虛空穿透到羅蔓耳

裡……

「小蔓，乖喔，媽媽餵妳吃麵麵。」媽媽拿著小湯匙圈起麵條要餵她吃。

「嘸嘸……」羅蔓一顆頭左右轉個不停，害媽媽餵得辛苦。

「小蔓乖喔，要多吃才會長大大……」

羅蔓看到兩歲的自己滿屋子團團轉，媽媽端了個飯碗窮追不捨，可是也累得快虛脫。

喔，媽媽真辛苦。「她」不想吃，就別給「她」吃嘛，讓「她」餓，「她」餓得受不了了，自然會乖乖吃的。

羅蔓抬起頭來，摸摸自己，再看看自己身上衣服，沒錯，是自己哪！那剛剛是……見鬼啦！怎麼麵碗裡跑出的是兩歲的自己，這是怎麼一回事？

羅蔓環顧四周，晚間將近九點，過了晚餐時間，麵館裡的客人稀稀疏疏，其他客人都沉浸在享受他們的食物，好像沒有人和她一樣，看見了從前的自己。

是晚上餓過頭產生幻覺？

羅蔓不信邪，再次低頭，呃？又是一幅少小畫面。

「小蔓蔓，乖乖坐著，媽媽買菜菜喔！」

媽媽忙著選菜，兩歲多的自己一時調皮，扶著娃娃車邊緣就趴向菜販的豆腐架上，忘情的咬下一口、再一口、再一口，那大大板豆腐的四角都留下她的齒痕。

噢？真丟臉呢，羅蔓，妳真饞呢！

「唉喲，太太，妳的小孩將我這塊豆腐咬了一口了，妳得要買回去喔！」

羅蔓看到媽媽那張臉瞬間紅得像剛蒸熟的紅龜粿，還不停冒著熱氣呢。

市場裡暗藏的驚人傳播速度，很快就將兩歲娃偷咬豆腐事件傳遍整個市場，一群婆婆媽媽們從市場四面八方圍向她們這方向來，個個以誇張目光盯著娃娃車裡的羅蔓看，好像看到動物園跑出來的稀有動物似的。

「呵呵……真趣味。」

「這个查某囡仔真古錐呢！」

「她喜歡吃豆腐啊？難怪這臉蛋白嫩嫩的，這麼漂亮。」

「……」

在那夾雜著國臺語的品頭論足中，娃娃車裡的羅蔓還傻不隆咚的咧嘴直笑，倒是媽媽都已經窘得匆匆付錢買下整個板豆腐，然後逃也似的推著娃娃車直奔回家。

事隔多年，這次羅蔓看得忘情的咧嘴笑著。

沒想到神奇牛肉麵這般神奇，羅蔓還想看看小時候磨娘精的她，是怎樣的頑皮？抓住這難得機會，羅蔓再次低頭。

咦？怎麼沒有了？

溼漉漉的兩隻精靈癱在桌上喘氣，怎麼會這樣呢？

原來在羅蔓看菜單時，這兩隻心血來潮一來想為神奇牛肉麵來個頂級神奇，二來想為羅家媽媽「平反」，於是來個精靈大作法，現在正累著呢！

羅蔓還在用湯匙撥動碗裡的湯，湯隨著她的撥動小晃動了一下，可是剛才那些兒時情景卻再也攪不出來。

眼前就只是一碗再普通不過的牛肉麵啊！羅蔓喝了一匙湯，啊，麵湯變涼了呢。

四　四肢沒得休息

晚餐過後，趁著老公和女兒們收拾餐桌殘局，何碧蘭趕緊把小昌昌抓進浴室，好伺候他洗個舒服的澎澎。母子倆一個在澡盆裡一個在澡盆外，一番拉扯之後，好不容易才大功告成。何碧蘭像老鷹抓小雞似的從澡盆裡把小昌昌提起來，小昌昌還意猶未盡的喃著：「洗澎澎、洗澎澎……」

「洗好了。」

「洗澎澎、洗澎澎……」

「乖，洗好了。」

小昌昌不死心的還在嚷著「洗澎澎、洗澎澎……」，何碧蘭已經疲累到懶得再開口，就這麼默不作聲的幫小昌昌擦乾身體再換上乾爽的衣服，然後快速將把他放進娃娃床裡，也把自己像投彈似的拋進大床，呈個大字要舒緩一下，「噢，累死了、累死了。」

不耐被隔離在一方小天地的小昌昌，手腳俐落的翻個身站起來，兩手緊抓住娃娃床邊緣，做勢要攀爬出來。

「唉喲，我的小昌昌、小寶貝、小祖宗，你讓馬迷躺平十分鐘不行嗎？」微微側過臉看著小昌昌。

「馬～迷、馬～迷……」

「你就不要再馬迷了，我求求你。」何碧蘭還雙手合十向著空中直拜。

「馬～迷、馬～迷……」

「你這臭小子，馬什麼迷？有本事讓媽媽生出來，就有本事自己爬出來啊！」大頭精靈貼著小昌昌的臉嗆他，小昌昌明白大頭精靈是挑釁，可是他就苦在鬼話人話都說不來，只是咿咿呀呀發聲的階段，他不斷出手向大頭精靈方向抓去，不清楚真相的人自然是以為他要抓娃娃床欄杆。

可不是嗎？小昌昌那模樣像極了自力救濟者，只見他雙手緊抓娃娃床欄杆，再抬起右腳作勢跨上去，彷彿練功拉筋似的，偏偏他功夫練得還不到家，沒那輕功可以一躍便翻出重圍，搖頭晃腦好一會兒，又像嘔氣又像耍賴又像求救，就這麼架著一條腿在欄杆上，然後懊惱的皺起眉頭，開始咿咿呀呀嚷叫個不停。

何碧蘭實在累壞了，一整天下來，就這時候想要休息個幾分鐘，也還是不被小鬼允許。

「馬～迷、馬～迷……」

「……」何碧蘭連回應都沒力氣了呢！

「馬～迷、馬～迷……」還在不屈不撓的喊著。

「嗯……乖……」費了好大的勁才擠出兩個字，還是斷斷續續擠出來的。

「馬～迷、馬～迷……」居然和他是阿飄時一樣，不達目的絕不罷休。

羅軒疆早在樓梯間便聽到小昌昌呼叫的委屈聲音，揣想小娃娃一定是不肯乖乖待在自己的小天地，所以吵著媽媽還給他自由。

呵呵，小鬼才這麼丁點大，也懂得要爭取人身自由啊？羅軒疆打心裡笑了出來。

但是他卻一直只聽到孩子的聲音，完全沒有媽媽的聲息。

這是怎樣了？老婆……

羅軒疆三階併兩階的跳上樓，一到房門口才發現，原來老婆大人早已經累癱了。真是辛苦她了，歲數到了四十多才又養個活力充沛的男孩，真是夠她受的了。

「小昌昌，來，把鼻抱你下樓看電視，我們讓馬迷休息一下，你要乖乖喔！」雙掌拍了兩下，然後向兩旁伸開作抱抱狀，兩隻精靈也想分一杯羹的先跳向前，無奈重量實在太輕，爸爸毫無知覺，一把抱起早等著人解救的小昌昌。

互相對撞個滿懷，又從羅軒疆腋下滑落，兩隻精靈恨恨的看著搥地，對照床上乏力地掀起眼瞼一角，看著羅軒疆不囉嗦抱走小昌昌，當下心生幾許安慰的何碧蘭，大頭精靈和小個幽靈也只能大聲嘆氣。

「誰？」

兩隻精靈趕緊摀住嘴，祂們沒想要讓這個家鬧翻天，而且眼下也想讓這家媽媽好好睡個覺。

但是何碧蘭躺在床上，雖然從頭到腳只想安安靜靜休息，卻又有事壓在心頭，以致翻來覆去，沒能靜下心來小睡片刻。

她想起，晚餐前放學進門的羅莉，給她出了個限期交出的作業。

「媽，我們工藝課的作品明天要交。」

「喔，那妳完成了沒？」

「每天考試，我哪有時間去做。」

「沒做好怎麼辦？工藝就沒成績了。」

「所以，媽，妳幫我做啦！」

「不行啦，那是妳的工藝課，又不是我的工藝課。」

「妳要當成是妳的工藝課也沒關係，我讓給妳，我才懶得上那種浪費時間、浪費生命的課呢！」

「啥？」

「哎呀，媽，妳就當作是在創作美麗的事物嘛！」

「少奉承，好的沒學到，淨學些拍馬、逢迎的小人步數。」

「媽，妳這個人真的很那個呢，我讚美妳，妳就說我拍馬屁，妳又不是馬。拜託啦，沒交作品，工藝就沒分數，成績單會不好看喔！」

這句話真受用，何碧蘭到底還是逃不開世俗的價值觀，掙脫不了整個教育體制的桎梏。她當然不願意羅莉的成績單上，因為一個藝能科掛零而拖垮整個平均分數，那可是會影響她高中推甄的評審。

「好啦，好啦，但是縫得不好看別怪我喔！」

「這樣最好了，我還怕妳縫得太漂亮，那老師就看得出來不是我自己做的。」

「妳們老師哪會看不出來，老師心裡都有數，沒幾個人是自己完成作品的。」

「媽，妳真厲害，學校這些事妳都看出破綻，老師既然知道怎麼不說？」

「哎呀，老師又不是吃飽撐著了，多一事不如少一事，大家相安無事最好了。」

其實學校裡的藝能科老師哪裡會不清楚？究竟有幾件作品是學生親自從頭到尾完成的。有心讀書的孩子全副精神在考不完的試，時間用來準備應考科目都嫌不足了，哪還會有那種美國時間完成藝能科作業；而無心學習的孩子多數又都沒有生活目標，到學校只當閒晃，也不願好好培養一種技能。

何碧蘭想起小妹碧雪，從小學五年級開始發憤用功，一路全神貫注在學業，成績也漸次領先群倫。進了國中之後，課程難度加深，為了穩坐龍頭寶座，隨時隨地都看她手握一冊，孜孜矻矻或背誦或朗讀。至於藝能科目，一開始她也是毫無心思，總是拖到學期末藝能課老師要打成績了，才拿著材料找上媽媽幫忙。但媽媽強調所有學習都能為自己的人生增加養分，堅持要碧雪自己操持，不能假手他人。

「未來妳人生所遇到的任何事，妳都要學習自己面對，自己處理，其他人幫不了妳，妳不要心存想找別人幫忙，凡事依賴別人的心理很要不得，這樣同時也扼殺了自己發揮潛能的機會。」

「媽，我功課那麼多，念都念不完，哪還有時間做這些。」

「每個人的時間都一樣，一天二十四小時，妳自己要學會衡量輕重，做好時間管理。」

「雖說每個人都一樣的時間，但是大姊就空閒時間多。」碧雪話鋒一轉，動起央求碧蘭幫忙的腦筋，但知女莫若母，媽媽搶先下達禁止令，「妳大姊是大學生，看起來功課雖然不多，但她也有社團也有活動，沒妳想的那麼清閒。」

媽媽和小妹這一番對話，何碧蘭一旁聽得清清楚楚，她原先也想自告奮勇地幫小妹解了燃眉之急，可是媽媽的堅持其實用心良苦，她自己一路國中和高中的藝能科目，就是在媽媽完全不給任何支援的情況下，不得不硬著頭皮親自上場，這也才拿得了針線，縫得了綻線和鈕扣；也才下得了廚房，起油鍋揮鍋鏟做些簡單餐食。

可是看到成績傲人的妹妹，無暇做藝能作品尋求協助的焦急模樣，心軟樂於助人的何碧蘭實在不忍心，她才剛張開了嘴，話都還沒說出口，媽媽便已看到她的喉底，並且不動聲色地抛給了她一個眼神，那眼神明明白白說了「不許幫忙」，碧蘭不得不悻悻然地勉為其難的抿緊上下兩片唇，內心頗是煎熬的看著媽媽和小妹的一番拉扯。

「媽，妳幫我縫，也不會耗去妳太多時間，可是如果我自己來，要耗去的時間就多了。」

「妳繼續和我盧就會耗去更多時間，不如妳就趕快去縫一縫，縫好再去讀書。」

「媽……」

「媽如果幫妳縫，不是愛妳，是害妳。有一句話『愛之適足以害之』妳沒讀過嗎？」

那回小妹沒盧到媽媽的協助，但後來她說過很感謝媽媽最初的堅持，她大學畢業之後到美國讀書，什麼都自己來，蒸蘿蔔糕、綁粽子都難不倒她了。

往事悠悠，夜深人靜時分外容易想起。

何碧蘭清楚自己的個性，她和一直在公部門工作實事求是的媽媽，個性大異其趣，她真的無法抵擋黏功、盧勁，好話聽上兩句，善心實意就會全都獻上了。

現在那隻大笨牛還塞在袋子裡，羅莉大概只在第一次上課時做做樣子的縫過幾針，那半顆牛頭還大大張開腦袋，腦子裡還是空著的呢！

真是累啊，根本不想起身做那些多出來的功課。

翻個身，再賴個幾分鐘吧！

「媽，妳看，人家這件長褲縮水了。」羅蔓拿著學校冬季長褲來了。

「喔。」何碧蘭連眼皮都沒睜開。

「媽，妳看嘛！」

「看什麼？」

「這褲子怎麼穿嘛？」

「腳伸進去就穿了啊！」

「可是長褲變短了啦。」

「又不是縮成短褲，還能穿吧！」這個媽的眼皮還是沒擠個小縫出來。

「媽——」羅蔓快發飆了。

「媽什麼媽？這麼大聲，妳要嚇死我啊？」何碧蘭一骨碌地坐起來，反是嚇到了羅蔓，「我累得半死，才躺個幾分鐘，妳就催魂似的叫個不停。」

說的也是，媽媽每天忙這一大家子的事，光是整理這間三樓半的透天厝，就真夠她忙的，現在再加上一隻猴仔般的小弟弟，媽媽被耍得團團轉的時候更多了，羅蔓還真有幾分同情媽媽。

不過，沒辦法，誰教她是老媽，長褲變短這件事還是得煩她。

「我，只是要媽媽給我變出一條長褲啦！」羅蔓語調變軟了，「媽，我知道妳很辛苦，可是我這褲子也很重要，妳總不希望下個禮拜全校換季，只有我一個還穿著夏季制服吧？」羅蔓靠著何碧蘭連身段都放軟了，麻糬般的黏在媽媽身上。

抓住媽媽的罩門就好辦事，羅蔓完全明白她的媽媽最見不得違反校規，所以羅蔓話才說完，何碧蘭馬上正襟危坐，義正辭嚴了。

「當然不能與眾不同，標新立異是犯了大忌，妳知道嗎？學校怎麼規定我們就怎麼做。現在是怎樣？褲子縮成怎樣？」

「喏，妳看。」羅蔓挺直身子把褲子往自己下半身一放擺個樣子，「都縮到小腿，又不是穿七分褲。」

「沒那麼誇張吧？」何碧蘭摸著那褲子，右手拇指和食指不停摩娑布料，再抬眼看看羅蔓，「這布料不會縮水的啊，是妳長太快了吧？」

「有嗎？」羅蔓歪斜著頭想著剛升上五年級時測量的身高，那時是一百五十二公分，現在好像已經超過一百六十了。

「來來來，量看看。」何碧蘭興致勃勃地下了床，拉著羅蔓就要量她身高。

「怎麼量？」

「山人自有辦法。」

「還山人咧？媽媽妳以為自己是深山裡的隱士啊？」

羅蔓抱著懷疑態度，她就不信老媽能馬上弄出一個測量身高的機器，其實是她一時間忘記小時候媽媽用過的「土法」。

何碧蘭拉著羅蔓往牆邊一站，「挺胸，靠著牆壁，不要動，不要偷踮腳跟。」

羅蔓這才恍然大悟，原來，老媽還是用她「土法練鋼」這招。

何碧蘭拿了三十公分長尺，往羅蔓頭上輕輕一壓，然後用一隻鉛筆在牆壁上畫下記號，「好了，去我縫衣機拿卷尺來。」

羅蔓拿來了卷尺，何碧蘭拉開來慢慢比對，「噢，妳長這麼高啦！」

「幾公分？」

「一百六十一公分呢！」

「嗄?比九月剛上五年級時又長高九公分了喔!」

「難怪褲子會變短,妳都長這麼高了,褲子當然短囉!」

「是小蔓長高,不是褲子變短啦!」抱著小昌昌突然出現在房門口的羅軒疆加入母女團的討論。

「那怎麼辦?」

這個問話真好笑,怎麼辦?要嘛就是照舊穿這件上學去,要嘛是另買一件新的囉!羅軒疆一旁笑著,卻不敢冒然脫口而出。

「媽,妳真好笑呢,怎麼辦?當然要幫我再買一件新的啊!」

「啥?買新的?」何碧蘭兩手再挲了挲手上的褲子,「那還要花錢呢!」

「且且。」牙牙學語的小昌昌在爸爸懷裡不安分的扭動,那天真模樣惹得媽媽騰出一手輕輕撫著他稚嫩臉頰,「對,把鼻賺錢錢很辛苦。」

「哭哭。」小昌昌不嫌他老爸的臉粗糙,一頭就貼上去,讓他老爸倍感窩心,「乖乖,把鼻賺錢錢就是給你們大家用的,知道嗎?」

「道道。」

何碧蘭是個會持家理財的女人,她想著褲子還八成新,放著不穿太可惜了。再說，家裡幾張嘴全靠她老公一個人的收入，她不量入為出仔細打點是不行的。

正要進入青春期愛美年紀的羅蔓，一聽媽媽這樣說，立即嘛嘴抗議。

「媽，妳要我穿這件七分褲去上學喔？那就等著我被訓導主任請上司令臺去展示，風聲要是傳得快，搞不好還有記者來採訪喔！」

「安啦安啦，媽媽我才不會讓妳出這種風頭的！」

羅蔓看媽媽抿嘴笑得曖昧，不知她老媽是「胸有成竹」，早已想好怎麼將手上舊有褲子，改變成新狀態。

「我會讓妳來個舊褲新穿。」

「舊褲新穿？」羅軒疆和羅蔓不約而同說出，連羅軒疆手懷裡的小昌昌也「褲……穿穿……」地跟著嚷著。

「對，褲褲，穿穿，小昌昌也懂喔？來，你該來噓噓尿尿，睡覺覺了。」

從羅軒疆手中接過小昌昌後，何碧蘭進了浴室為小昌昌把尿，羅蔓還沒得到確切答案，不能安心回房讀書，她追著再問，「媽，妳到底要怎麼弄嘛？」

「唉喲，妳放心，下星期一我可以給妳一件就是了嘛！」

「媽……」羅蔓還想要更肯定的答案，倒是被羅軒疆制止了，「小蔓啊，媽媽說不會耽誤到妳的事，那就一定不會的嘛！妳可以回房去讀書了。」

「可是……」

「從以前到現在，媽媽從來都沒有誤過妳們的事吧？」

「嗯。」

「那就好了啊，回去讀書囉！」

「喔。」

室內總算安靜下來了。

娃娃床裡的小昌昌鼻息均勻的睡著，羅莉和羅蔓也各在自己房裡讀書，這時就是何碧蘭「挑燈夜戰」的時候了。

「當媽媽都這麼辛苦，我們還要賴著這個有三個孩子的媽媽嗎？」大頭精靈不忍心說道。

「這樣的媽媽最有愛心，不好嗎？」小個幽靈反問。

「可是……」

「別可是了啦，人家這個媽媽又沒有說要再生，你緊張個什麼勁？」

羅莉工藝作品明天得交，這是第一順位，得先做。羅蔓的褲子是下週一要穿，還可以緩個幾天，就先擱一邊吧！

何碧蘭打開羅莉晚餐後丟給她的那包材料包，不禁皺眉道：「嘖嘖嘖，這個小莉啊，真是邋遢，也不疊好，就這樣隨便塞，都縐成一團，真是的！」

何碧蘭一邊自言自語，一邊也理出頭緒，穿了線，正一針針地將兩片絨布縫在一起。

羅軒疆側眼看著他老婆一針一線縫著那隻絨布大笨牛，還真不是普通辛苦。

「小莉這孩子真是的，自己的工藝作品怎能就丟給妳呢？」

「那不然咧，她每天有那麼多考不完的試，每天忙著讀書時間都不夠了，哪還有閒工夫縫這些。」

「學校其實也知道這種情形，乾脆就別讓孩子做這些多餘的東西。」

「話不能這麼說，如果不做這些東西，你要叫藝能科的老師失業啊？」

羅軒疆當然也知道這不能只怪羅莉，她每天要應付學校那麼多大大小小的考試，哪還騰得出時間縫這些。而且一些主要科目任課老師，老是向藝能課老師借課，害得學生也沒辦法在課堂上完成作品。

照說安排技藝課程的出發點是好的，是為了讓孩子在知識以外也學點實務，那就要貫徹實行啊！但問題是整個社會畸形的學習認知，造成升學主義變了相，惡性循環下，學校的技藝課程進行就成了「掛羊頭賣狗肉」，作品讓學生帶回家做，老師也不問作品是誰做的，在學生方面反正是能得到成績就好，自己不必花時間去完成最好，結果只讓孩子學到交差了事的不正確態度，或是置之不理的擺爛行徑

兩隻精靈在房間裡飄來飄去，還不時討論著：「如果媽媽們堅持孩子自己完成，孩子勻得出多餘時間來複習功課嗎？」

「我看是難啦！」

「所以還是媽媽代表完成囉？」

「也只能這樣了。」

「是說媽媽這麼用心幫羅莉做工藝作品，羅莉到底感受到了沒有？」

「是啊，媽媽的愛就在這些針線當中，她還會不會老是說媽媽不疼她？」

小個幽靈的話讓大頭精靈不知如何回應，聳了聳肩，正聽到羅家爸爸勸媽媽休息。

「老婆，該睡了。」

「你先睡，我這還沒縫好呢！」

「十一點多了，先擱著，明天再做。」

「明天？明天就來不及了，小莉明天就得交去給老師打分數。」

「這孩子真該打，今天才拿出來，她是要把妳操死啊？」

「？」何碧蘭轉頭看了老公一眼，深情款款，「不會怎樣啦，再縫個半個多小時就完成了，你先睡。」

「妳明天還得早起弄早餐，睡眠不足怎麼行？」

小個幽靈在飄出房間前貼到大頭精靈耳畔說：「這個爸爸真是體貼。」

「就是啊，所以媽媽才會甘願做他們羅家的牛馬啊！」

五　五指不同長度

時代越進步，高學歷願意生孩子的女性越來越少，打從好幾年前開始國內的出生率就一直在下降。行政院主計總處根據內政部統計，臺灣生育率自一九八四年起即低於人口替代率的二．一，到了二〇〇八年七月底時生育率是百分之〇．〇二九。

臺灣在一九九三年邁入高齡化的社會，即六十五歲高齡人口占總人口百分之七以上；二〇一八年高齡人口達百分之十四以上，已經是高齡社會；到了二〇二五年臺灣將進入超高齡社會，到時候每五人就有一位長者，老年人口將超過全部人口數的百分之二十。

造成生育率低的因素牽涉極廣，晚婚與不婚是原因之一，婦女生育年齡延後亦是原因，薪資凍漲、房價居高不下、家庭經濟負擔沉重、育兒成本日漸增高更直接影響生育意願。政府為了鼓勵生育，不惜祭出各種補助與優惠，成效似乎還是無法彰顯。

何碧蘭在生了兩個女兒之後，其實早已打住生育孩子的念頭，儘管她生的都是女兒，還好公婆和丈夫都不會有非得抱個男孩的想法，也就一家和樂的過著。是因為那個跟著羅蔓帶回家的巧克力而來的幽靈小男孩，他的天真可愛、他的苦苦哀求。

再一想到他的前一世，是被媽媽丟給外婆照顧，不但沒有享受充分的母愛，連外婆的疼惜也沒享受幾年，就因為失足掉進池塘而一命嗚呼。何碧蘭那時候就是不忍心拒絕那個可愛小精靈，才會在已過了不惑的年紀再生一個兒子。

雖然這個兒子是全家人盼來的，但兩個姊姊還是忍不住會吃弟弟的醋。以往小昌昌還沒生出前，羅蔓和羅莉就經常互比苗頭。羅莉以優異的成績得到父母許多讚賞，兩相比較之下，羅蔓常覺得自己被父母遺忘，有時不免搞個怪，就是要讓大家感受到她的存在。

因為她搞怪製造多了一顆巧克力的錯覺，因緣際會下當真引來也同是嗜吃巧克力的范慈倩弟弟茲青的神識，那一陣子家裡人雖不致毛骨悚然，但也常是毛毛不得安寧。

是精靈弟弟闖進她家之後，純真的本性在他們家掀起逗趣靈異事件，才讓一家人放下心來。那個過程反而化解了她和羅莉之間的敵對，兩人甚至聯手慫恿媽媽把小精靈弟弟生下。和姊姊的心結打開後，羅蔓也因此領悟到學習的結果是知識的累增，而累增越多知識，受益的是自己絕不會是別人，於是開始懂得要在學習上下工夫。羅蔓那樣的改變，著實大大扭轉了爸媽過去對她的看法，爸媽變成經常讚許她。

「小蔓，升上六年級不一樣了，實力都展現出來了喔。」爸爸眉開眼笑。

「我就知道羅蔓不比羅莉弱，她早該這樣的。」媽媽是眉飛色舞。

「咱們小蔓啊，大器晚成，呵呵……」

「是……大隻雞慢啼……」

在爸媽的讚美聲中羅蔓越發看到自己的信心，也就越發認真。

只是小弟弟生出後，媽媽全部精神都在弟弟身上，羅蔓覺得自己彷彿又回復到灰姑娘的際遇。這回不只羅蔓這樣感覺，就連向來是天之驕女的羅莉，也覺得自己似乎也被打入冷宮，這樣的不平衡，讓她三不五時就和羅蔓一起要向媽媽抗議一下。

「媽真那個，重男輕女。」

「對，媽媽現在的眼睛裡只有小昌昌，哪有我們兩個？」

「媽，妳以前不是都跟人家說，生女兒比較好，女兒貼心？」

「媽，妳不能這樣啦，什麼都小昌昌，小昌昌算老幾？按輩分，爸爸第一，妳第二，他的前面還有我和小蔓；論年紀，他也一邊喘著去吧；再論身高，那更是沒他的位置，那他就該照順序來，不能什麼都他第一，他誰啊？」

「對嘛，也不知道該收斂收斂，先來後到總有個順序，憑什麼小昌昌一出生，我和姊姊就被迫殿後，這麼小就享受特權，這樣是不行的，媽，妳這樣是會寵壞小昌昌的。」

「對嘛對嘛，我記得阿嬤說過『寵豬舉灶、寵子不孝』，媽，為了妳和爸爸晚年設想，妳千萬不能太寵弟弟。」

「對對對，重男輕女的心態要不得，媽，妳千萬不能有這種心態，人家不是說女兒比較貼心，所以妳要對我們兩個好一點，以後啊，說不定是我們兩個比羅頌昌這個小鬼還要孝順呢！」

兩姊妹同仇敵愾的輪番上陣，妳一言我一語，根本沒給何碧蘭任何可以開口辯解的機會，而何碧蘭也突然放聰明了，還是別回應的好，免得自己招架不住。

別說媽媽招架不住，就連一旁看熱鬧的兩隻精靈，也被一波波抗議聲浪給向後猛吹，現在是貼著牆壁了。

事實上被兩個女兒這麼一說，何碧蘭也有一絲絲心虛，小昌昌出生之後，一方面是隔了十幾年才再次當媽媽，那種興奮快樂是無法說明清楚的，另一方面是白天全部時間心神都只應付小昌昌，她難免就多疼了他。現在她不想為自己辯駁，倒是也得為那無辜受到波及的寶貝兒子說幾句話。

「什麼小鬼？簡直胡說八道。」

「還不是小鬼？就是那個魔神仔小弟弟一直吵著要當我們家的孩子，那個時候整天在我們家上上下下飄來飄去，這小鬼一定有企圖……」羅莉說著還環顧室內一周，那神情好像是說家裡還有其他魔神仔似的。

「對，就是姊說的這樣，小鬼是看上媽媽……」羅蔓想到電視節目曾經有人說兒子是媽媽前世的情人。

「妳們兩個是說夠了沒？圍剿這個還沒能力反駁的小帥哥啊？」

「哥……」小昌昌也跟著牙牙說著，那無辜模樣其實惹人憐愛的，兩隻精靈一聽他說哥，馬上衝向前沾沾自喜，「你知道敬我們是兄最好啦！」

「你還哥咧？你是弟弟啦！」羅莉推了小昌昌的額，小昌昌隨即重心不穩的晃了晃，可他還是隨著姊姊的語尾喃喃著，「弟……」

一聽是弟，這下子兩隻精靈不爽了。

「呃？你這小鬼對我們這麼不尊敬。」說著大頭精靈伸手就要戳小昌昌。

「他是小帥哥？哪裡帥？」羅蔓捏捏小昌昌臉頰，「他呀小蟋蟀啦！」

突然羅蔓不屑的甩著手，並喃喃道：「怎麼冰冰涼涼的？」原來她是觸摸到大頭精靈了。

「都是你這個冒失鬼突然冒出來，害我們都得不到媽媽的愛，你啊，討厭，討厭。」羅莉以食指戳著小昌昌額頭右側，小昌昌倒是愉快跟著「ㄠˇ厭、ㄠˇ厭」的說著。

「對，就是你討厭，你知道就好。」姊妹倆一起說。

「好。」小昌昌又隨著人家語尾說話，但也因他這無邪之語，惹得羅氏一家哈哈大笑，方才那漸漸籠罩的緊張氣氛隨之瓦解。

「你好什麼好？叫你去罰站好不好？」羅蔓故意引誘小昌昌，天真小昌昌果然上當，笑得燦爛的回答，「好。」

「把你賣了好不好？」

「好。」要被賣了，還開心咧嘴笑。

「叫你小狗狗好不好？」

「好。」

「……」

「好。」

「……」

「好。」

「這個小笨蛋要是被賣了也說好。」兩隻精靈大搖其頭。

羅軒疆看著兩個女兒如此逗弄小昌昌，雖然都是生活趣味，但他也是看得出來她們姊妹倆表面上雖只是發發牢騷，但那多少是反映了她們心裡的不平衡，兩人才會藉著各種機會惡整她們的弟弟。

他想起之前只有羅莉、羅蔓兩個孩子的日子，就因為他們夫妻的對待，讓兩個孩子總愛互別苗頭，那時小姨子雪蓮就提醒過他們倆夫妻，好在從老婆懷第三胎之後，羅莉、羅蔓姊妹倆已言歸於好，但如果自己又疏忽了，可就前功盡棄，一切又得重頭再來過，那可真是傷神哪！

眼下兩姊妹捉弄弟弟這種無傷大雅的玩笑，偶一為之無可厚非，要是有危險動作發生，他這個做爸爸的人可也是不會坐視不管的。

他是這一家之主，是孩子們的爸爸，他期望自己組成的家庭是和樂融融的，家庭成員彼此都能互信、互愛、互諒。他自認有必要讓兩個女兒知道，小昌昌是因為他年紀還小，需要多一點照顧，並不是因為他是男生，爸媽就多疼他一些。

「小莉、小蔓，妳們兩個看，這樣的小昌昌可不可愛？」羅軒疆慈愛的揉揉小昌昌那顆不小的頭。

「ㄜˇ愛。」

「爸爸又不是問你，你插什麼嘴？」羅莉推推剛剛出聲的小昌昌。

「對嘛，羞羞臉喔，自己說自己可愛。」羅蔓則是用自己的食指在小昌昌的臉上劃撥著，不解事的小昌昌又抓著語尾說了，「ㄜˇ愛。」

姊姊們因為他而埋怨父母，小昌昌絲毫沒有感覺；姊姊們故意惡整他，小昌昌也不計較；姊姊們批評他，他照單全收，再多加「笑」果，這樣一個對一切毫不設防、毫無心機的小男孩，正是前年出現家裡的那個可愛小精靈啊！兩位姊姊都明白，其實姊姊們也沒有要整垮他的意思。

前年裡，小精靈弟弟對自己嚇著了姊姊的事，也懂得禮貌的飄到兩個姊姊面前，又是鞠躬又是行禮又是道歉，「對不起啦，姊姊，我不是故意的啦，我本來就是四處飄著的小魔神仔嘛，要叫我好好站著，大概是很難的喔。」

魔神仔小弟弟說的也是實情，做人是不能強人所難，現在小昌昌盡得媽媽的寵愛，也不是他自己可以掌控的，實在是他這個小鬼頭太惹人憐了，這樣一想，姊妹倆心裡的醋意也就慢慢消散了。

爸爸、媽媽和姊姊們笑得東倒西歪的同時，看似小昌昌玩著自己那雙肥嘟嘟的小手，還自得其樂地玩著，其實是小個幽靈扳過拇指再扳食指，小昌昌忙著要救自己的手指，才會跟著中指壓了又壓，無名指咬一咬，再用小指挖挖鼻孔。

就因小昌昌輪番玩手指的動作給了羅軒疆一個啟示，他出其不意的抓住小昌昌的手，這個動作不但讓羅莉和羅蔓兩姊妹嚇了一跳，就連才想加進小個幽靈捉弄小昌昌行列的大頭精靈，都嚇得差點魂飛魄散。

「爸，你抓小昌昌的手做什麼？」姊妹倆雖然偶爾吃起弟弟的醋，可她們還是很愛這個小弟弟。

何碧蘭原也是緊張，但她知道她老公做事自有他的分寸，也就故做鎮定的安坐沙發靜觀其變，看看究竟這個爸爸將要做出什麼「驚天動地」的事。

「哪有要做什麼？瞧妳們倆個緊張的樣子，妳們也是疼弟弟的嘛！」羅軒疆揉著小昌昌的嫩手，心裡湧起一股幸福之感，「妳們看，小昌昌這手肥嫩肥嫩的真可愛。」

「嗯啊，吃一口他的『豬手』。」羅蔓最喜歡說小昌昌的手腳是「雞手」、「豬手」、「雞腳」、「豬腳」，這時還作勢要咬下一口，小昌昌就笑得咯咯，身子直往後頭縮。

「你還躲？大姊姊也吃一口小昌昌的『臭豬手』。」

「咯咯……」

「……」何碧蘭抿嘴無聲笑著，這三個孩子都是她的心頭肉，都是寶啊！

「好了好了，我要妳們看，小昌昌這五根手指……」羅軒疆故意在此處停下不說，結果是人家都緊張地問了，「小昌昌的五根手指怎樣了？」

最緊張的的人莫過於那個不分日夜照料他的媽媽，擠向最前面要看個仔細。

那個被談論的主角也似懂非懂的直盯著自己的手看，這五隻不甜不鹹卻又滋味美妙的安慰點心，到底出了什麼狀況？不但他自己，包含又擠過來的兩隻精靈，也都認真想瞧個究竟。

「老公，你說小昌昌的手指怎樣了？」何碧蘭就是沒看出有什麼不一樣。

「不一樣長啊！」

「哦——」何碧蘭真懂了嗎？

「厚，爸，你耍人哪？每個人的手指都嘛不一樣長。」羅蔓說。

「對啊，這有什麼好大驚小怪的？」羅莉不以為然。

「對，我就是要說每個人五根手指長度都不一樣長。」

「呃？」還是不太明瞭。

「這也不懂？妳們老爸是說……」

剛才哦個長聲的何碧蘭，現在完全明白她老公要表達的是什麼，她那又是甜蜜又略帶激動的心情，沒趕緊一吐為快是不行的。

「媽，妳又懂了？」就說嘛，連女兒都不看好她的領悟力。

「怎不懂？」是該護衛自己一下，「爸爸是說，五個手指伸出來都不一樣長，就是說媽媽對你們不是偏心，只是……有時候……自然就……」

羅軒疆撇過頭瞅了他老婆一眼，有點怪她破了他的哏，還破得七零八落的。

「媽，我們知道……」

欸？這家人這麼厲害？媽媽話說得七零八落，女兒們居然也能悟出深義？呵呵，可見這家人的心是凝聚在一起的，女孩們有時不過是吃吃弟弟的乾醋、發發牢騷罷了，其實她們心裡怎會不知道，爸媽是愛她們的。空中翻滾打鬧的大小精靈是旁觀者，所以看得可清楚了。

「妳們真的知道了？」羅軒疆笑著再問一次。

「爸……」她們其實早就明白了。

夾在中間排行的羅蔓，從小是帶著「小媳婦」情結長大，那日她對弟弟不聞不問，任由小昌昌搞翻她的書架，其實也是痛定思痛後的新策略。

小昌昌搞翻書架之前的個把月，羅蔓就是奉命照顧小昌昌，很是盡責地亦步亦趨，深恐弟弟摔下樓去，她不敢放鬆，時時緊抓著弟弟衣服，哪知蠻牛般的小昌昌，硬是不依，要自己行動。在一抓一扭一拉一扯後，小昌昌一個沒站穩，一顆大頭朝下撞到地面，大大的「砰」了一聲，連一樓的何碧蘭都聽得心驚膽顫的，顧不得淘洗一半的米，發射火箭似的便直衝三樓。

何碧蘭那「呼呼……」喘息聲，和上小昌昌「哇哇……」的哀嚎聲，瞬間讓氣氛上升到最詭異最緊張的地步。

「妳看妳，小蔓，讓小昌昌摔成這樣。」

「什麼我看我？是他自己愛動來動去的，我拉不住他。」

「說那什麼話？讓妳照顧小昌昌，妳是怎樣讓他摔了？」

「我怕他摔下樓梯一直牢牢抓著他，他就一直扭著要掙脫，像蟲一樣。」

「一定是妳抓太緊，他不喜歡。」

「他這樣像蟲一樣，我才不喜歡咧！」

「妳是怎樣？我說一句，妳也一句，沒大沒小。」

「哼。」

那次是大頭精靈和小個幽靈玩得太過火，讓小昌昌摔了個倒栽蔥，還讓羅蔓揹了黑鍋，事後兩隻精靈一直對羅曼鞠躬敬禮致歉，可惜羅曼什麼都沒看到。

照顧小昌昌的差事，沒功勞也該有苦勞，可是當時媽媽的話聽來，自己反倒成了罪魁禍首，羅蔓心裡一股窩囊氣，就氣媽媽的偏心。也就從那次之後，在不得不接下看顧小昌昌的苦差事時，她採取的對策就是由著小昌昌把她房間當遊樂場，完全不勸阻、不禁止、不干涉、不指導、沒有互動的「新四不一沒有」。她乾脆連小昌昌一根汗毛都不碰，心想這樣媽媽總該沒話說了吧。

對於自己得自於媽媽這處的關心少於姊姊和弟弟的感覺，一直都在羅蔓心門裡衝撞，不時撞得她心頭發疼。

羅蔓就跟她的好友范慈倩說過，「我媽以前疼我姊，現在特別疼我弟弟，我啊，是夾在中間的火腿三明治。」

「為什麼是火腿三明治？」

「妳沒看火腿三明治裡的那片火腿薄得像紙一樣，多沒分量。」

「叫妳媽把妳弟送去外婆家好了，以前我弟弟就是在鄉下和我外婆一起住。」

「妳弟弟……我弟弟……」

前年羅蔓是有跟范慈倩說起家裡有小阿飄的事，但她倒沒向范慈倩清楚說明小阿飄的出現，是在拿回祭拜范小弟的巧克力之後，畢竟誰也無法證明那個阿飄弟弟，就是范慈倩跌落池塘溺斃的弟弟。

「欸欸，妳弟弟怎能跟我弟弟相提並論。」羅蔓說。

「妳那是什麼話？我弟弟好歹也是個小可愛，為什麼不能跟妳弟弟一起相提並論？」范慈倩生氣質問。

「呃……我是說妳弟弟已經……蒙主寵召了，我弟弟是活蹦亂跳的。」

「是這樣沒錯啦，但是……唉，算了算了。」范慈倩說著說著想起她早夭的弟弟，免不了心酸了起來。

「欸，妳不要難過了嘛，說不定妳弟弟已投胎到好人家去了。」

「真的嗎？」范慈倩頓了一下說：「最好是這樣，投胎到像妳們這樣的家去。」

「喔，對啦、對啦！不過我弟弟可是我們家的寶，而且我媽又不像妳媽在上班，哪有可能把弟弟送去外婆家，就算要送，也是奶奶家。」

「為什麼？」

「因為我弟弟啊，更是爺爺、奶奶的寶啊！」

「妳也是妳爺爺、奶奶的寶，也是妳爸媽的寶，是妳自己沒發現而已。」

「是嗎？」

范慈倩的一番話給了羅蔓提示，尤其是從那天誤打誤撞有了「神奇牛肉麵」大驚異之後，回頭再想，漸漸也能感覺到媽媽對她的愛與對姊姊、弟弟的是一樣。只不過情緒上來的時候，這些就被拋到腦後，忍不住就要自憐自艾。

這樣看來，是不是該再找時間去一趟牛老大，再體驗一回「神奇牛肉麵」的神奇？

五　五指不同長度

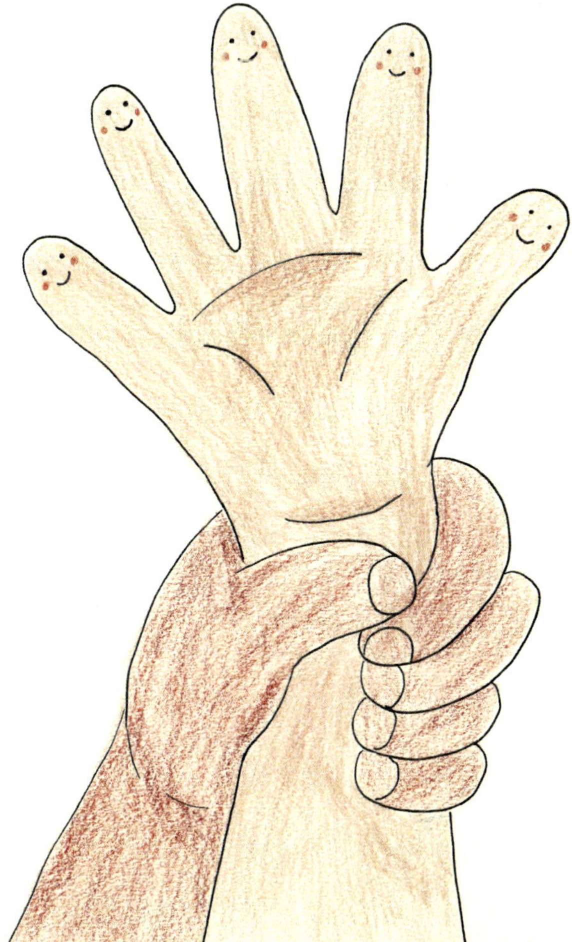

下卷　牛肉麵

「媽，今天不要煮飯，我們去吃麵好不好？」

「吃麵？為什麼要吃麵？」

「人家就想換個口味嘛！」

「妳想吃什麼麵？我煮。」

「媽，妳太辛苦了，我們去麵館吃就好啦。」

「嗄……是嫌我煮得不好吃啊？」

「不是啦，媽，是牛老大的麵不錯吃啦！」

「牛肉麵。」

「牛老大的牛肉麵哪有什麼好吃的？」

「好吃，而且還很神奇……」說到這裡，羅蔓忽然想到，真的會每個人都從麵湯裡看到過去的自己嗎？還是只有她能？

一　一碗奇怪的麵

羅家女主人何碧蘭是個克盡主婦本職的主婦，每一個在外頭忙到飢腸轆轆的家人，只要進了家門，那一張張急急索食的嘴，都能很快就得到最大的滿足。哪怕是羅莉和羅蔓兩個姊妹，挑燈夜讀後發出需要為腸胃做補給，媽媽仍然不假外面商家的鍋瓢，堅持自己家做出的最衛生、最道地，而且還富含媽媽愛心的宵夜。

「喔，餓扁了，餓扁了。」

「媽，有什麼能吃的？」

「妳們的消化系統未免太發達了，才幾個鐘頭的工夫，就又喊餓了？」

「爸，你自己是過來人，應該知道讀書是很耗精神的，而精神能量要足夠就在於肚皮有沒有填飽，要不然會是胃空空腦空空，讀什麼都不通。」

羅莉掰出一套似非而是的理論，羅軒疆當然聽得出來，他小時候是家境不好，三餐顧得到就已經要感謝天、感謝地、感謝諸佛菩薩了，哪還敢奢想宵夜。那時自己全力拚著讀書，全神貫注在各科上，不曾注意過腸胃是否喊過空城。那時挑燈夜讀，讀累了躺下床就睡，一覺醒來又是一個新的開始，早餐熱騰騰的稀飯一喝下，活力就源源不絕冒出。

現在的孩子非常幸福，三餐不缺，平常還零食不離手，都已經這樣富足過著，也還是夜夜喊餓，非得吃上一頓宵夜不可。當然這還得一個願打一個願挨，那是因為羅莉和羅蔓有一個聽不得她們「索食聲孜孜」的媽媽，只要兩姊妹一喊餓，媽媽廚工就現身了。

「餓喔，好，媽馬上給妳們弄吃的，忍一下，很快就煮好。」好媽媽不但忙著要為孩子準備宵夜，順便還要叨唸丈夫兩句，「孩子就是有認真念書才容易肚子餓，你這個做爸爸的也真是的，沒聽過吃飽飽、頭好壯壯嗎？孩子吃飽了才有體力和腦力讀書嘛！」

「才怪，吃飽了就頭昏想睡覺。」羅軒疆想反駁卻只在嘴裡窸窣而已，何碧蘭早就進廚房去忙一天裡的第四餐了。

羅家人因為這樣日積月累而習慣了在家吃食的文化，餐桌上的時間正是一家人交流分享的最好時刻，所有喜怒哀樂都在進食當中出籠。

「我告訴你們喔，我們班……」

「今天學校裡有人……」

「我今天在學校摔一跤。」

「有沒有怎樣？」媽媽擔心安全。

「還好沒跌個狗吃屎，嘻嘻。」

「呵呵，我今天數學小考全班最高分。」

「哇，好棒喔，幾分？」爸爸的讚美聲後加個小問號。

「六十三分。」

「嗯……很好，再加油喔！」

父母子女之間每天有一段這樣的心情分享時段，有助於親子之間的互動，幸運的羅家人都樂在其中。

幾乎從來不外食的羅家，除了一些大節日，或是有遠道的親友來訪時，才會外出到大餐館去聚聚。

這在外食文化大行其道的現代，可說是鳳毛麟角。

這樣安穩的飲食型態，是多少人夢寐以求，可羅家正值青春成長期的兩個女兒，難免受到外界各式各樣美食所吸引，偶爾也會慫恿爸媽嘗試外食。

「媽，人家我同學說有一家義大利焗烤很好吃呢？」

「有我煮的好吃嗎？」

「媽，妳煮得是很好吃，可是人家那個餐廳不一樣啦！」

「有什麼不一樣？是他們的比較花俏而已！」

「媽，人家想吃看看呢！」

「媽媽自己煮的衛生看得見，健康比較重要。」

即使羅莉姊妹能夠說動媽媽的機會不多，但兩姊妹也都知道這是媽媽的愛心，比起別人她們是幸福的。同學中極大多數都是沒吃早餐就到學校，有的是爸媽給錢讓他們自己買，因而都隨便吃個什麼餅乾或薯條，剩下的錢就拿去買雜七雜八的零食或遊戲了。

大同小異的中小學生飲食篇，每每讓羅氏一家人嘆為觀止。

有次羅蔓回家分享了一件事。

「我今天早上吃的起司熱狗捲真好吃。」早自習鐘響前，羅蔓想起早上媽媽換新花樣的早餐，彷彿牙縫裡還殘留著起司屑。

「羅蔓，哪家早餐店有起司熱狗？」胡媄媄問。

「我家早餐店。」

「呃？哪有這家店。」胡媄媄印象裡學校周圍的早餐店沒一家是這個店名。

「胡媄媄，妳少無知了啦，羅蔓的早餐都是她老母做的啦。」有人代替回答。

「哦——」胡媄媄這一聲拉得夠長，聽得出來她是充滿羨慕。

「噯，平平是人家的孩子，為什麼我就從來沒吃過我媽做的早餐……」剛踏進教室的何一鳴哀怨的說道。

「啥？你從來沒有……」好幾個人一起發問。

「對，從來沒有吃過我媽做的早餐。」何一鳴轉個身搞起笑來，「不過別擔心，我呢還是有吃早餐，所以頭好壯壯，而且還會做一鳴驚人的事喔。」

「呿。」

「真可憐哪！」

「不，一點也不可憐，我媽會在前一晚放了兩份早餐的錢在她梳妝臺上……」

「啥？你媽讓你吃兩份？」

「NO、NO、NO，」何一鳴右手食指還在他面前左右搖晃，「我啊，是自動拿了錢去我家巷口早餐店吃，然後……」

噹噹噹，早自習鐘聲響起後大家不得不中斷話題，各自回到自己座位自習，羅蔓卻是因為何一鳴一席話，感到自己比起何一鳴幸福太多了。

「何一鳴真是可憐。」

「什麼？從來沒吃過早餐？他家媽媽呢？怎麼不給小孩吃早餐？不自己做，也要去買回來給孩子吃啊！」何碧蘭在羅蔓分享過程去了廁所一趟，部分內容沒聽見，一回來便斷章取義，順便再加一番批判。

「不是從來沒吃過早餐，媽妳聽好，小蔓是說，她同學從來沒吃過媽媽做的早餐。」

「喔，是這樣的啊，我還以為這家媽媽……」

「誰叫妳要去上廁所？」

「我尿急嘛！」

「好了啦，媽，妳別打岔，我要再說下去了……」

「好好好，我不開口，妳說。」

「我那同學說他從小一開始，小一喔，每天早上都是自己從媽媽梳妝臺上拿了錢去巷口吃早餐……」

「這有什麼好大驚小怪的，我同學也很多這樣的。」

「不是只有這樣。」

「不然還有什麼？午餐也自己買來吃？」

「姊，誰會自己買午餐吃？學校就有營養午餐了啊。」

「喔，也對啦！」

「我這個同學是自己到早餐店吃完早餐，還要順便幫他那個還在『睡懶覺』的媽媽買早點回去呢。」

「喔，這是什麼媽啊？豬媽？」羅莉驚呼，她不能想像天下竟有這樣的媽，她的媽媽從來都是比她們家人還要早起。

不說羅莉斥責那媽媽是豬，就連穩坐吊扇聞香的小精靈，也對這種媽媽露出不屑神情，然後拉長耳朵繼續往下聽。

「這樣當媽媽也太輕鬆了吧？」

何碧蘭對自己有自信，她絕不會有那種不稱職的行為，自己該扮演什麼角色她是一清二楚的。

就算家庭主婦當了十多年了，她依然用心在打理整個家，每天花心思在老公和孩子的營養之上，一早上市場買菜，三餐親自打點，也沒聽她說過厭、說過煩、說過要罷工。

「媽媽煮的菜有媽媽的愛心呢！」羅家爸爸常會視機會稱讚女主人。

「就是嘛，我花了多少……」

「是啦、是啦，可是如果沒讓媽媽休息，過度消耗，愛心會枯竭，所以要注入活水嘛！」

「活水？」媽媽愣住了。

「對啦，嗯，我們剛教過『問渠哪得清如許，為有源頭活水來』。」

「拜託妳啦，羅蔓，別這樣『竹篙逗菜刀』，亂連一通。」羅莉對妹妹的瞎掰不以為然。

「啊，隨便啦，反正你們都懂我什麼意思就好了。」羅蔓實在很想和家人分享她從牛老大「神奇牛肉麵」見識到的奇異，「既然爸爸都說要讓媽媽注入活水，那就是讓媽媽休假一天不要煮飯，我們去吃牛老大。」

「說來說去，還不是因為妳自己想吃牛老大。」羅莉這樣說。

「我是把好東西介紹給你們喔，要不要去吃隨你們。」羅蔓很是費了一番九牛二虎之力，最後終於說動爸媽願意外食一回。

不過這可苦了藏在她家的兩隻小精靈，祂們這種沒有形體的幽靈是見不得光的，雖說晚餐時間天已黑，但還不是祂們向來活動的時刻，祂們躑躅著要跟去還是不要，後來是因為小個幽靈說了一句「好人做到底，就讓羅蔓再看一次，再一次確定她媽媽是愛她的，以後她就不會再說媽媽偏心。」

「也是啦。」大頭精靈很快同意了，不過祂補上一句提醒小個幽靈，「你要記得，我們是精靈，可不是人喔！」

「那又怎樣？」小個幽靈意思是祂又不會當眾現身。

進了牛老大麵館，大家盯著菜單看了半天，吃什麼好呢？

「我跟你們說吃『神奇牛肉麵』啦，好吃呢！」羅蔓藏不住心裡那股躍動。之前她在這個奇異體驗的隔天，在學校整天拉著范慈倩就是想要跟她分享，可是偏偏她的表述范慈倩沒能理解。

「唉唷，妳說什麼啦，在牛肉麵湯裡看見妳的小時候，那什麼東西？」

「牛肉麵湯裡不就牛肉和麵，還有什麼『小時候』？羅蔓，妳也太天才了吧！」經過她們身邊的何一鳴不知前不知後的插話進來，范慈倩雖然不明白羅蔓要表達什麼，但被人打斷談話，她順勢白了何一鳴一眼。

「翻白眼啊？誰不會？」何一鳴也回了一個白眼。

「翻白眼，我會。」

「我也會。」

「我也會。」

「……」

半晌，整個教室成了翻白眼大隊，各個白眼示人，羅蔓見狀又感無奈又覺得好笑，撇撇嘴她把范慈倩拉出了教室，就讓愛翻白眼的同學去翻個夠。只是她沒能讓范慈倩了解整個來龍去脈，心裡有著小小失落。

連著幾天沒能分享成功，再因每天塞爆各種課程，也就逐漸意興闌珊了。

說動爸媽來吃神奇牛肉麵，純粹是她想再看看，自己小時候天真模樣和倍受媽媽疼愛的情形，也想窺探看看其他家人會不會也有相同反應。

「呃？妳吃過？」

「什麼時候？」

姊姊和媽媽懷疑羅蔓說法的真實性，只有爸爸很快就恍然大悟，原來那天晚上小蔓就是來這兒吃麵喔。是說這孩子也真乖，懂得把好東西介紹給家人，頷首微笑的表情顯然是知情，引來羅莉的狐疑目光。

「嗯……就上次我沒吃飽那次。」

「哪次？妳哪次沒吃飽？不是都吃兩碗飯？」何碧蘭一時間轉不過來。

「別管哪次了，現在最要緊，來，你們吃什麼麵？」羅軒疆四兩撥千斤，小昌昌也適時加上一句「麵、麵」。

「小昌昌也知道要吃麵喔。」慈母就是慈母。

「跟你們說吃『神奇牛肉麵』，不吃，會、後、悔、的。」後半句羅蔓特別一字一字說著。

「我才不跟妳什麼神奇咧，我和小昌昌吃水餃。」何碧蘭說，「小昌昌，馬迷和你一起吃水餃喔。」

「……餃喔。」

剛剛進入學語階段的小昌昌，最喜歡跟著大家的語尾依樣畫葫蘆，也因此常為一家人帶來許多趣味。

之前雪蓮一家來訪，比小昌昌大上一歲多的蘇適，不但口齒清晰，而且口條極佳，不及三歲總能把話說得順暢又有條理。

「我只要玩積木和樂高，其他的都不要。」面對兩位表姊搬出各自玩具供他玩耍時，他這一說讓羅氏一家人瞬間爆笑，羅莉和羅蔓兩姊妹頻頻說他彷彿是個小老頭。羅軒疆倒是對這位才小小三歲的孩子，能正確用出「其他」這個詞，感到驚異與佩服，連帶對蘇氏夫妻翹起大拇指，稱讚他們把孩子教得好。

「你家蘇適語文能力真是強，依照這種學習狀況看來，將來他也能是『蘇軾』喔。」

羅軒將這話引得蘇大維和雪蓮兩夫妻頻頻搖手，羅莉、羅蔓兩姊妹看得出阿姨、姨丈是謙虛，她們也聽得出爸爸的意有所指，偏偏她們的媽媽聽不懂。

「唉呀，你在講什麼『也能是蘇ㄕˋ』，他本來就是蘇適了啊！」何碧蘭直線式的反應讓羅蔓翻足了白眼。

那一回小昌昌也跟著「ㄧㄠˋ」不停，兩個姊姊就故意逗他、鬧他。

「打你小屁屁要不要？」

「ㄧㄠˋ」

「給你吃藥藥。」

「ㄧㄠˋ」

「好喔，你說的要吃藥藥。」

「ㄧㄠˋ」

那回整個屋子就繞著「ㄧㄠˋ」轉，「ㄧㄠˋ」個不停，惹得滿屋子的人和那兩隻精靈都呵呵笑不停。

現在小昌昌跟著何碧蘭說了「餃」字，爸媽和姊姊都被他逗笑了，喜歡捉弄弟弟的羅蔓，還故意把小昌昌的腳塞進他手裡，催著小昌昌，「喏，『腳』來了，請享用。」

羅蔓這個即興表演，連隔鄰那桌的客人都感染到那份溫馨，而暗地裡吃吃笑著。

羅莉雖然對羅蔓的推介存著質疑，但因「神奇牛肉麵」特別的名稱，也就和羅蔓一樣點了「神奇牛肉麵」，羅軒疆向來是願意從各方面支持孩子，所以他也點了和女兒同樣的「神奇牛肉麵」。

當服務人員將煮好的麵端上桌後，一張桌子上三碗牛肉麵，乍看來與一般麵館裡，甚至是自己家裡煮的沒什麼兩樣，不免讓人有些失望。

「還不是普通的牛肉麵，哪裡神奇了？被小蔓欺騙了啦！」羅莉的抱怨聽在桌下不停鑽動的精靈耳裡很不暢快，兩隻精靈互相使了個眼色，大有等一下要讓她大大驚奇一下了。

「妳又還沒吃。」

「是嘛，說不定他的湯頭、麵條、牛肉塊都與眾不同。」羅軒疆適時緩頰一下，舀起一杓湯就要喝了，「吃了就知道，快吃吧！」

咦？爸怎麼沒驚訝的表情？難道他沒看到？怎麼會？只有我有神眼？

羅蔓看見爸爸喝湯愉快，完全沒有見到異象被震撼的反應，她正感到迷惑時，被羅軒疆突然開口的一句話擊中，羅蔓才瞭解關鍵所在。

「嗯，這湯還滿好喝的，待我來看看碗裡的牛肉……」

原來剛剛爸爸只是拿湯匙舀湯，他還沒把頭低下對著那碗麵湯看，難怪他會沒有知覺。

羅蔓兩個手肘撐在桌面，做雙掌托腮狀，她現在就等著看她老爸「臨湯自照」，她很想要知道爸爸的那一碗究竟會照出什麼畫面來？

羅莉一看妹妹那神情，一副丈二和尚摸不著頭緒，這妹妹到底是在做什麼？敢情是把全家都騙來牛老大戲耍一番。

「吃啊，小莉、小蔓，妳們也吃啊！」媽媽邊餵小昌昌邊催她姊妹倆快吃。

「喔。」羅莉應著也拿起筷子做準備，但還是觀察著羅蔓。

「好。」羅蔓嘴裡雖是回答好，她可是打定主意要先看看爸爸和姊姊吃了麵的反應。

羅軒疆不疾不徐，盯著麵碗看半天，「嗯，是手工拉麵。」再慢條斯理的夾起一撮麵條，「唔……麵真Q。」羅軒疆呼嚕呼嚕吸著麵條，吞下去後，夾起一塊半肉半筋的肉塊送進嘴裡，「嗯，這牛肉也燉得夠爛，好吃，小蔓，妳推薦的好吃。」

什麼事都沒發生。

羅軒疆完全沒有撞見異象的驚慌表情。

怎麼會這樣？

羅蔓看著爸爸邊嚼牛肉邊讚美，她很清楚看見爸爸剛剛明明低頭看了整碗麵了，為什麼爸爸什麼都沒看到？爸爸不是也從小孩階段一年年的長大，然後再到現在的中年嗎？

那爸爸的童年呢？乏善可陳嗎？還是年代太久遠無法呈現？是這樣的嗎？

這中間到底出了什麼狀況？

難道是上天特意呈現給她看，要她懂得媽媽的愛？

羅蔓的神情實在太詭異了，羅莉不得不想牛老大的麵可能真是有問題的，她得認真瞧瞧面前這碗麵到底被做了什麼手腳。才低頭，羅莉就看見麵湯裡浮盪的兒時情景，驚嚇得來不及好好喘口氣。

「小莉啊，妳是怎樣了？」媽媽瞥眼瞧見也很焦急。

羅蔓聞聲轉頭一看，看到羅莉盯著那碗神奇牛肉麵看，臉上的表情混雜了不可思議和驚異，彷彿那碗麵裡有什麼靈異事件正在進行。

哈，姊姊這樣子八成是和我上次一樣，看到自己小時候了。羅蔓有些竊喜，終於證實不是只她一人有如此奇遇。

想想，她又更不解了，姊姊也看得見，為什麼爸爸沒看見？

原因到底出在哪裡？

是成年未成年的差別？還是男女大不同？

羅蔓沒辦法靜下心來細想，不說麵館裡來來去去顧客的進食和說話聲音，光是她家媽媽那不安穩的心情，就使她無法安靜下來。

「小莉啊，妳是看到了什麼？」

「小莉，怎麼了？」爸爸沉穩的語音比較能讓人安定，羅莉終於回神過來，她看看爸媽，再看看羅蔓，羅蔓看得出來她掙扎在把看見的情形說出來或不說出來的矛盾中，好在頓了一下後羅莉說得雲淡風輕，「喔，沒怎樣。」

羅莉雖是這樣安撫爸媽，但她對著羅蔓再次看過來時，那一臉莫名的表情明顯是在問羅蔓，「怎麼會是這樣？」

在此情形下，羅蔓也只能和姊姊藉眼神溝通，「這神奇牛肉麵真的很奇妙吧？」

很妙，是很妙，但乍看見時，少不得會受到震撼。羅莉也在想，這碗麵到底是加了什麼材料？會讓人產生這種「身歷其境」的幻覺。其他的客人也會嗎？羅蔓第一回也是這樣的反應嗎？

羅莉很納悶，杵著沒再吃麵，坐她對面的羅軒疆把一塊牛肉吞下去後又催了她，「小莉，沒怎樣就快吃啊，好吃呢！」

羅莉這時也詫異老爸從一開始到現在，麵都吃下半碗了，也沒見他有在麵碗裡撞見奇異影像的反應。

再偏頭看看妹妹，她也吃得正起勁，是怎樣？看過一回就免疫，不會再看見了嗎？還是妹妹已練就融入其中的功夫了？

羅莉再次低頭，麵碗裡的影像，是媽媽心急如焚的抱著她去醫院掛急診。

「醫生，醫生，請你看看我這孩子怎麼了？下午她發燒到三十九度，我給她塞了肛門塞劑，燒沒退，溫度反而更高了，怎麼辦？」

醫生用耳溫槍量了體溫，一看，「發燒到四十度了。」

「溫度這麼高，怎麼辦？」媽媽快語無倫次了。

醫生迅速把脖子上的聽診器戴好，聽遍了羅莉前胸後背，再看看她的喉嚨，對於媽媽提出的「醫生，我的孩子怎麼了？」的問題，一言不發，只顧低頭填了單子遞給護理師。

「來，抽個血檢查一下。」護理師對媽媽說。

當護理師阿姨把針筒扎進小羅莉手臂，羅莉「哇」的一聲哭喊起來，媽媽心疼的眼淚不聽使喚，滑出了眼眶。

這時重返過去的記憶，羅莉才看見針扎兒身、痛在娘心的畫面，更體會到媽媽那視她如心肝的真情。

羅莉抬起頭看看正餵弟弟吃水餃的媽媽，她那專注的神情，和影像裡泛紅了眼眶的媽媽是一樣的，她都是全心在照顧她的每一個孩子啊！這時這樣，那時也一樣。媽媽這麼好，把我當個寶，我還老是要說她偏心，說她重男輕女，真不應該呀。

「媽……」羅莉想說些什麼，卻是欲言又止。

「什麼？」

「我……」

「妳怎麼了？不舒服嗎？」慈母就是慈母。

「呃……沒……」

「那就快吃吧。」

「喔。」

二　兩個相異狀況

「唉唷，真是累死『人』了！」

「欸欸，我們是『人』嗎？」

大頭精靈的話讓小個幽靈愣了一下，隨後恍然大悟，祂們兩個只是飄在空中不具形體的精靈，哪是人？

今晚為了在羅家兩個姊妹的麵碗裡客串，來來去去耗去不少精力，真怕把「元神」都耗掉了。

吃過晚餐，從出了牛老大的店門，羅蔓就專注在她想不透的事情，沒道理，今天事情的發展非常沒道理。

照常理推論，如果是店家在牛肉湯裡施過會讓人看到過去的魔法，也應該是人人都會在麵碗裡看到奇異的影像，可是事實又好像不是如此。羅蔓來了兩次，兩次都有在注意四周的客人，點神奇牛肉麵的人也不在少數，她就很納悶，為什麼這些人除了吃麵，根本沒有其他心靈撼動？該不會是他們早經過神祕奇航，都已經見怪不怪了。可這又不對了，別人她是不清楚，但就她家的爸爸而言，羅蔓可是清楚得很，爸爸今天是第一次進牛老大，也是首次嘗試「神奇牛肉麵」，不應該是這樣平靜無波啊！

依羅蔓對爸爸的認識，爸爸這個人很善感，感動的點特別低，一點點溫馨就會讓他眼眶泛紅。這樣的爸爸如果是看到麵碗會自然現出記憶影片，一定會雙眼睜得比牛眼還要大，接下來就一定是眼睛要出汗了，再來就是拍著媽媽的手，急切且哽咽的要和媽媽分享。

如果爸爸有看見奇異現象，他一定會因為哽咽而說得斷斷續續。

「呃……老婆，妳看妳看……好奇怪喔，這碗麵像投影機……會把過去的影像播放出來。」

但是爸爸明明又是無比鎮定的享用那碗神奇牛肉麵，一點也沒有異於平常的反應，爸爸那樣子就是他平常的樣子，再自然不過了，絕對不是故作鎮定，關於這一點羅蔓也十分肯定，甚至敢打包票。尤其當爸爸看到姊姊表情異樣時，自然流露不解與關懷的情形，也正足以說明他真的是對那碗麵除了「牛肉」和「麵」以外，沒別的讓他驚異的感受。

這到底是怎麼一回事？完全出乎羅蔓的意料，她雙手揉著自己那顆不小的頭，完全沒有半點線索。

她原本期待今天的晚餐全家人會在神奇牛肉麵裡，各自找到感動自己的過往，沒想到期望越大，失望越大。一開始媽媽還就好餵食的水餃，就已經讓羅蔓小失望了一下，不過那時想，至少還有爸爸和姊姊兩個人是選擇追隨她的腳步，只是她萬萬想到，爸爸竟然沒辦法和神奇牛肉麵搭上感應神奇線。

羅蔓當時還刻意抬起屁股望一眼爸爸的麵碗，那個舉動還讓媽媽叨唸了她幾句。

「看什麼看？爸爸那碗和妳那碗不是都一樣的『神奇牛肉麵』。」

「沒啦，看爸爸的牛肉有沒有比較多塊啦！」羅蔓只能以打哈哈帶過。

「真是的，都快上國中了，還像小孩一樣。」

「人家本來就是小孩嘛！」

「呃？」羅莉不解的看看羅蔓，她這句話明顯是話中有話，她是真愛長不大？還是愛看還沒長大的她自己？

羅莉怎麼想的這會兒羅蔓是一點興趣也沒有，她只是弄不明白整個麵館食客中，難道就只有她和姊姊是屬於有靈性的族群，很容易就發了「靈眼」，所以輕易就能夠看到過去。

這樣一想，羅蔓越發覺得沒有道理。

她和姊姊都是爸爸、媽媽結合生下的，基因都來自爸媽，她們兩個既然有此神奇能力，爸媽當中就應該有人也有這種靈巧，但現在一切都讓人想不透。

爸爸沒這種能力，呃？那就一定是媽媽了。

不過羅蔓回過頭又一想，靈異這種事本來就沒什麼道理可言的，如同前年家裡飄進魔神仔小弟弟的那件事，一開始也只有媽媽別具「慧」眼看得見，她和爸爸及姊姊一度還認為媽媽精神出了狀況，直到後來精靈小弟弟現了身，讓他們每個人都看得見，她和爸爸及姊姊也才明白，媽媽正常得很，一切只是那個魔神仔弟弟的把戲，他選定的人才能和他進行陰陽對話，以致才有那段讓人毛骨悚然的日子。

假設當時精靈小弟弟只設定和媽媽對話的頻率，不開放和其他人溝通的管道，羅蔓和姊姊以及爸爸也就別想見得到他的身形、聽得到他說話的聲音了。

依此推論，也就能理解未必享用神奇牛肉麵的人，每個都能順勢回味兒時。

這樣一想羅蔓釋懷了許多，但是想到姊姊那一臉詫異，她不禁想笑，姊姊究竟看見了什麼？羅蔓當時也還不清楚，她想或許姊姊不是像她那樣看見小時候的自己，但如果看到的不是小時候，那羅莉又會是看見什麼？這股想要一探究竟的心理，讓羅蔓雀躍到要趕快問一問姊姊。

事實上，一碗「神奇牛肉麵」已經在羅莉心裡激起萬頃波瀾。她萬萬沒想到，她小時候的中耳炎住院記，往常只在爸媽的對話中出現，她自己是一點記憶都沒有，而今天這一碗神奇牛肉麵，竟然讓她能夠有機會從聽眾升等成觀眾，抽身在事件之外，彷彿看了一場戲。

除了看見那幾日病懨懨的自己在醫院煎熬治療的過程，更看到媽媽病榻前不眠不休的照料，那時媽媽的肚子裡已經有了羅蔓，但即使挺個大肚子，媽媽依然把她放在第一位，竭盡心力的照顧她。

有這樣真真實實回溯過往的機會，其實也是個不錯的新體驗，至少開啟另一扇不同角度的窗，遠距離重新經歷一次當年事件。

以長大的眼睛重新看一遍過去發生的事情，整個心情突然間豁然開朗，哪裡需要在爸媽偏不偏心那一丁點上斤斤計較？

羅蔓怎麼會發現吃「神奇牛肉麵」，會有這麼神奇的經驗？那她上次來吃麵的時候，有沒有也像我今天這樣大大的shock了一下？答案絕對是肯定的，不然羅蔓不會大費周章慮著媽媽不要煮晚餐，也不會在點餐時大力推薦牛老大的神奇牛肉麵。

羅莉想著，使了個眼神給妹妹，那是問羅蔓「妳喜歡看到這種異象？」

羅蔓撇了撇嘴角，要笑不笑的，擺明是說「怎麼樣？夠神奇吧！」

幾分鐘路程實在不夠她們姊妹倆傳遞多少眉目訊息，為了能更快一點交換心得，兩個人一反常態，不約而同的互相挽起彼此手臂，甚至動作一致的提起腳跟就往回家的路上狂奔了起來，在她們身後的爸媽詫異得眼睛睜得銅鈴一般大了。

「唉喲喲，是要有啥異象了是嗎？這兩個以前是死對頭，因為小昌昌的出生而和解共生的人，現在居然更向前一步手挽著手，真讓人看迷糊了呢！」何碧蘭還真不敢相信自己眼睛所見的。

「呵呵，難不成吃了一碗『神奇牛肉麵』，就有這種神奇效果，那可真要介紹大家都來牛老大嚐嚐神奇牛肉麵，好讓家裡的兄弟姊妹更和樂，這個社會也就會更和諧囉。」羅軒疆心願更大，他祈願大環境一片祥和。

「你倒當起牛老大的義務宣傳員啊？」

「呵呵……為了社會為了國家，為牛老大代言有何不可？」

「說得倒挺好聽的嘛！」

兩姊妹除了聽見父母調侃她們的話，也聽見爸爸那一番祈求美好社會的想法，兩人十分有默契的邊跑邊回頭瞅了父母一眼，溜過她們心裡的都是同一件事，但願「神奇牛肉麵」真的具有像她們爸爸所希望的無窮神奇功效，讓每一個享用過的人，都能在回溯過往事件中放下哀傷，而能用新的角度和家人相處。

只是兩隻在他們後頭喘著追的精靈，聽到羅家爸爸這一說，差點沒癱軟，光是要在羅家兩姊妹的麵碗裡搞出名堂，祂們兩個已經大費周章了，要再滿足其他更多人，恐怕祂們得去招兵買馬，組一個神奇兵團了。

見到神奇經驗後，回到家羅莉就鑽進羅蔓房裡，兩人熱烈討論起各自的神奇感受，兩人對於爸爸無所感這事都同樣感到非常意外。

「奇怪了，爸爸好像沒特別的感覺，他沒看見什麼嗎？」羅莉先開了口。

「嗯啊，真的夠奇怪了，照理來說應該都會看見的嘛，我們是他的女兒都看見了，他沒有理由看不見啊？」

「不過我們還有一半基因是來自媽媽，所以說不定媽媽才看得見。」

「或許喔，可惜媽今天沒吃牛肉麵，再找機會慫恿媽媽去牛老大吃麵，而且一定要鼓勵她來上一碗神奇牛肉麵。」羅蔓回應過之後，緊接著就問，「那姊，妳剛剛是看到什麼？」

「那妳呢？妳先說。」

「我啊，是看到我兩、三歲時候媽媽照顧我的情形。」

「嘿嘿，我也是看到小時候的我，不過我看到的我，是媽媽抱在手裡生病的時候。」

「啥？抱在手裡，那麼小喔！」

「妳兩次都是看到同一件事嗎？」

「不一樣，但是有連續。」

「呼，神奇牛肉麵還能演連續劇啊？」羅莉說了還笑出來。

「告訴妳喔，上次我是看到媽媽推我上市場，她在選菜的時候，我趴在菜販的豆腐架上咬人家的豆腐，那天害媽媽不得不把豆腐全買回家。」

「為什麼要全部的豆腐都買回家？」羅莉以為羅蔓只啃了人家菜販一塊豆腐。

「因為我每一塊都咬了一口。」

「厚，妳真饞呢，生的豆腐妳也吃？」
「涼拌豆腐還不是用生豆腐？」
「哈哈哈，妳總共咬了人家幾塊豆腐啊？」
「我也不知道耶，我那時候那麼小，哪會數啊？」羅蔓覺得姊姊的問的是蠢問題。
「現在長大了，妳還不會數喔？」羅莉強調的是如今是用長大的眼睛在觀看。
「呃……哎呀，光顧著看那畫面忘記了嘛！」羅莉的說法讓羅蔓恍然大悟，但在回味影像的當時，早就陶然其中，哪會記得數數這事。「不過今天我看到的是，那天爸爸一回家看到的晚餐是豆腐大餐，他都快昏了。」
「哈哈……難怪爸爸對豆腐接受度不大。」
羅莉一連串笑聲將隨後回到家的爸媽都引到房裡來了，「笑什麼？先回家來說什麼笑話，也說出來讓我們分享，好幫助消化。」
羅蔓還沒打算把這件奇妙的經驗說出來，而羅莉搶先一步做的是詢問媽媽。
「媽，小蔓小時候真的把菜販的豆腐咬著玩喔？」
說到這段還深留何碧蘭記憶的糗事，一被提起，彷彿有個出口，讓她可傾倒多年來的委屈，她很快就接下去說，「說到這件事，真是丟死人了。小蔓啊，小時候真愛動，沒一刻耐得住，我專心挑選蔬菜，一沒注意，她就整張臉埋在那一整架板豆腐上，要嘛，也只咬一塊就好，哪知她搞怪得很，每塊豆腐都給人家咬得牙齒痕跡清清楚楚，賣菜那個人說什麼都要我把豆腐全買回家。」

「妳真的都買了啊？」

「要不然咧？市場裡的人都盯著小蔓說長道短，我的臉都不知往哪兒擺，真想挖個洞鑽進去。」

「對了，我也記起來了，那天晚餐桌上是豆腐全餐，光是看到那一桌我都快攤成豆腐了，哪還需要吃啊？」羅軒疆年輕時為了避免人家開他玩笑，說他愛「吃豆腐」，不知不覺中養成對豆腐這高營養、低單價的食物，提不起太多興趣。

「還說咧，因為你不肯多吃，害得我們三個母女，整整吃了三天豆腐，從新鮮豆腐吃到回鍋豆腐。」

「喔，好噁喔。」羅蔓做了嘔吐狀。

「噁什麼噁？妳這個小搗蛋把人家豆腐咬成麻臉，真煮成豆腐餐妳反而不太肯吃，都嘛是我和小莉吃完的。」

「呵呵，難怪我的皮膚都是超嫩的。」羅莉自我陶醉著，羅蔓卻將她的夢戳破，「妳神經啊，我咬的是菜市場的板豆腐，不是超市賣的超嫩豆腐。」

「要妳管？」羅莉不想再理羅蔓，倒研究起豆腐食譜來了。「媽，豆腐全餐包括哪幾道？」

「就涼拌豆腐、紅燒豆腐、皮蛋豆腐、絞肉鑲豆腐、乾煎豆腐、蟹肉豆腐煲，外加青菜豆腐湯。」

「小蔓真是害人不淺。」羅莉回報剛才被羅蔓吐嘈的一箭之仇。

說了半天，何碧蘭這才想起，那件事發生在十幾年前，羅蔓才過兩歲，羅莉也不過五歲多一些，她這個做媽的平時也不曾把這件事拿出來說嘴，再說家裡也沒有這樣的記錄影帶，怎麼兩個孩子竟然神通廣大的都知道了？

何碧蘭迷糊了，不會是家裡又出現了什麼靈異小孩，告訴羅莉兩姊妹這些陳年往事吧？這一念頭興起時，懷小昌昌之前那種微妙感覺籠罩著她，她垂眼看看自己身體，那樣彷佛真有小精靈靠在她身上似的。

何碧蘭的動作教那兩隻在她身子滑上滑下的小精靈發笑，「這媽媽好像很怕我們喔！」

何碧蘭很快又聯想到小叮噹的任意門，能讓孩子穿越時間回到過去的記憶？這一想她就求饒，三個孩子夠多了，我可不能再生囉，老天爺，求求祢，別讓靈異再在我家出現。倒是如果真有一扇任意門還是不錯的，有空我也想穿過去看看能夠回到哪裡或去到哪裡。

「呃？是說小莉妳怎麼知道這件事？妳那時才過五歲，記憶有這麼好嗎？」

「是小蔓說的。」羅莉一時未加細想脫口就說。

「小蔓？」

這一說何碧蘭更糊塗了，這事怎可能是兩歲多的羅蔓記得了的，難不成她家小蔓是神童？如果是，羅蔓小學中年級的成績何致於是總搭雲霄飛車一般，起起落落？唉喲，該不會真是什麼有的沒的靈附上了小蔓的身？這一想不免開始四處張望。

何碧蘭的動作讓此刻倒掛在天花板的大頭精靈和小個幽靈，露出難過失望的表情，「我們真的這麼可怕嗎？」

看到媽媽驚異的表情，羅莉發現自己回答錯了，可是話已說出，覆水難收。

「小蔓，妳怎麼記得這事的？」何碧蘭一雙眼睜得牛眼大，直看到她背後，羅蔓實在受不了姊姊，幹什麼那麼誠實答話，害她現在不知道該如何回應媽媽了。

「我？」羅蔓在說不說神奇牛肉麵一事之間，只遲疑了一下下，當下就決定暫時保密，因為她清楚她這個既神經又單純的媽媽，可能會把這樣的狀況解釋為「卡到陰」、或「被附身」之類的，接下來可能要帶她去求神問卜或是收驚，這些都是她所不能接受的。所以羅蔓說了個很扯的說法，「是有次妳作夢說夢話被我聽到，我也不知道怎麼就記得了。」

明知這個說法很扯，但是以媽媽直線式的思考模式，她應該還是會相信的。

「我說夢話？」何碧蘭一時不能理解，而她這兩個女兒也不給她反應機會，兩個人互使個眼色後，就出房門下樓去，徒留何碧蘭的呼喊聲在樓梯間迴盪，「欸欸，妳們兩個，說明白一點嘛！……走了，我做夢？是嗎？軒疆。」

「我哪知妳什麼時候做夢說了這一些。」羅軒疆抱著小昌昌下二樓他們房間，何碧蘭還在愣頭愣腦想著呢，看來是有得讓她想了。

羅莉和羅蔓對於吃「神奇牛肉麵」，而有神奇體會這件事，一直想理出頭緒。如果其他食客都沒感覺，這意思不就是她們姊妹體質比較接近靈異？能看到其他人所看不見的「往事」，是因為她們曾經能和小精靈弟弟溝通，所以也有可能和別的精靈接觸到？

「怎麼會這麼奇怪呢？」

「也許這家老闆真的自己也曾有這樣的經驗，所以才會弄出個『神奇牛肉麵』來。」

「是嗎？我很懷疑呢！」

「如果不是，那老闆為什麼要弄個品項是『神奇牛肉麵』？沒道理啊！他就定『紅燒牛肉麵』、『清燉牛肉麵』不就好了？」

「妳這樣說也對，但有沒有可能不是這樣？」

「倘若不是這樣，那又該如何解釋？」

兩姊妹解不開謎團，轉而分享彼此的神奇經驗，畢竟經過這件事讓自己多長一隻眼，重新去看小時候的自己，也從另一個角度，看到媽媽對自己專一的付出與照顧，從而心裡慢慢生出一股懺悔之意，對於自己往常怪罪媽媽偏心的說詞，感到愧疚。

就算羅蔓的出生排序是老二，但媽媽在照顧她的時候，也是極盡心力，這是牛老大的神奇牛肉麵，給了羅蔓真正看清事實的機會。對羅莉而言，又何嘗不是這樣，小蔓生出來的時候，她總是生小蔓的氣，也吃她的醋，更是藉故抓住任何一個可以「管理」她的機會，不是要小蔓罰站，就是強迫她背詩。

是今天在神奇牛肉麵裡，讓羅莉終於恍然大悟，在還沒有羅蔓之前，她享盡父母全部的愛，在媽媽生了小蔓之後，把愛分一點給小蔓，又怎樣！是自己擁有的夠多，才能和別人分享，不是嗎？

「我看下次再慫恿爸媽去吃，我就不信他們不會看見小時候的自己？」

「說不定這是老天故意讓我們兩個看的。」

「為什麼？」

「嗯……其實我也不知道原因。」羅莉頓了頓接下去說，「會不會是我們兩個老是說媽媽偏心，所以老天爺故意讓我們看看，其實媽媽不偏心，妳，她也愛，我，她也愛。」

「……是這樣的嗎？」

「不然妳還有什麼更好的解釋？」

「呃……說不定就是妳說的那樣吧？」

三　三種不同感受

打從羅莉在牛老大麵館也經歷了神奇印象之旅後，兩姊妹便無所不用其極的要說服爸媽再度外食。

「媽，妳整天忙底迪，太辛苦了，今天晚上妳不要煮飯，我們再去吃牛老大啦！」

週五早餐桌上羅蔓先放出空氣作試探，羅莉見狀趕忙接下去敲起邊鼓。

「對啦，媽，妳太辛苦了，今晚外食去。」說著，羅莉還整個人傾到何碧蘭身上撒嬌。

「今天是怎樣了？颳焚風還是下紅雨？怎麼兩個姊妹同一鼻孔出氣。」何碧蘭表明自己的疑惑，卻是用錯詞。

「媽，妳真遜呢，什麼『同一鼻孔出氣』，我們這個啊叫做『英雄所見略同』啦。」

「誰跟妳英雄，又不是男生，英雌啦！」羅莉再加註。

「隨便啦，說，有什麼鬼計？一直要我不煮晚餐，其心可……」突然卡住了。

「可議啦！」羅軒疆幫忙完成句子。

「對，其心可議。你說她們兩個是不是搞什麼把戲？」何碧蘭轉頭問丈夫。

「妳想太多了，她們啊，是愛上牛老大啦！」果然知女莫若父。

「呵呵……最好是啦，爸。」

「鬼咧，爸，牛老大說不定是一條牛呢，要我愛上一條牛，省省吧！」

「那就愛我好了，我也很愛你們啊，晚餐在家裡吃媽媽的愛心不好嗎？」何碧蘭得意地說。兩隻精靈也在她的耳畔一直吹氣，祂們也希望不要出門外食，為了讓羅家兩姊妹看到各自成長的畫面，祂們可要累得精疲力盡，都怕耗盡那一丁點精力，將來聚不來足夠分量的元神，投不成胎，那要如何是好呢？

「媽——」兩姊妹齊聲喊。

「哎呀，好了好了，今天晚上就不要在家煮，我們都再去讓牛老大養，妳就輕鬆一天。」羅軒疆右手攬著何碧蘭的肩，順道開口為這事下結論。

「我……」

「好啦，就這樣，當作慶祝小週末。」輕輕安撫了老婆，轉身催起女兒，「小姐們，上學要遲到了，快。」

「媽，我們上學去了喔，bye bye。」羅莉走到客廳才想到一事未做，退回餐桌前，捧著小昌昌的臉用力啄了一下，「還有你，底迪，bye bye囉。」

「bye……」小昌昌也跟著要說bye bye，就又被羅蔓親了另一邊臉頰，「底迪，不可以把馬迷操得太累，知道嗎？」

「知道。」

這句倒是說得一清二楚，一家人便在笑聲中道了再見。

這一家人都笑了，只有那兩隻貼在角落的精靈一丁點都笑不出來，祂們對看一眼，一起嘆了口氣：「唉，我們這叫『自作孽不可活』啦！」

對於家的概念十分固守的何碧蘭，向來堅信愛是家庭幸福最大也最重要的基石，而媽媽就是一個家庭的圓心，如何讓家人以她為圓心，畫出一圈圈同心圓，然後再把這個小愛推展出去，擴大成更大更多的愛心，是她畢生努力的目標。所以全心全意無怨無悔的為家人付出，就在她所做的每一件微不足道的家事之中，包含決定今晚也要從善如流吃一碗「神奇牛肉麵」這樣的事。

何碧蘭記得上回她和小昌昌吃的是水餃，感覺也還好，好吃是好吃，也沒到非得指定要去那兒吃，兩個女兒到底是怎麼了？真是體貼媽媽，不讓媽媽過度勞累？何碧蘭這麼想著臉上便浮起一朵笑雲。也不過才兩秒鐘光景，她臉上那朵正擴張的笑容，倏地消失，因為她想到的是，兩個丫頭該不是嫌媽媽煮的不好吃吧？

怎麼會呢？這兩個女兒不是一向都說她煮的好吃？

那是怎樣？當真牛老大略勝一籌？

不行，得問問。

「小昌昌，牛老大的麵真有那麼好吃嗎？」

「好吃。」

「所以姊姊都吵著要再去？」

「再去。」

「上次馬迷和你吃的水餃，好吃嗎？」

「吃嗎。」

「唉唷，什麼吃嗎？是問你好不好吃？」

「好吃。」

「你喜歡喔？」

「歡喔。」

「唉唷，忘記你只會兩個字。」何碧蘭突然想到小昌昌剛剛學會連說兩個字。

「個字。」

「是問你還想不想去牛老大？」

「老大。」

「……」何碧蘭拍著前額大有敗給小昌昌之感，乾脆換個問法：「想不想去？」

「想去。」

「哎呀，問你不準。」

「不準。」

「喔，小昌昌，你也說點別的。」何碧蘭覺得和小昌昌之間雖是對答如流，但還真抓不到重點。

「別的。」

「呵呵……」

何碧蘭不禁感到好笑，自己一個四十幾歲的女人，竟跟一個什麼都不懂，連話都還說不清楚的小孩討論這些？

片刻工夫，何碧蘭思緒又繞回牛老大的麵。

對了，上回她們姊妹點的都是神奇牛肉麵，喔，不，是父女三人都吃了神奇牛肉麵。

會不會是那「神奇牛肉麵」真的好吃到沒話說？要不，兩個丫頭怎會口徑一致的要去吃牛老大？這是從來不曾發生過的事。更奇怪的是她們的老爸也同意，「神奇牛肉麵」究竟是啥湯頭，能把這三個父女的胃都收服了？

何碧蘭一直自豪自己的手藝能牢牢吸住家人，曾幾何時，這兩個孩子也追逐起外食了？是整個社會的外食文化已經蔚為一股潮流，沒偶爾加入外食行列，會被這個社會機制驅趕到邊陲？還是沒偶爾外食一下，不能稱為現代人？

不行，這可得好好研究研究，自己的料理才不會莫名其妙被擊垮，輸得不明不白，有道是「知己知彼、百戰百勝」啊！嗯，好，今晚就上你牛老大麵館去，再吃你一碗神奇牛肉麵，倒要仔細瞧瞧有多神奇。

這麼想，何碧蘭的微笑就又回到臉上了，可她身旁的兩隻精靈則各自抱著頭傷神呢。

近黃昏，何碧蘭難得輕鬆好整以暇地斜靠客廳沙發，看著小昌昌自己玩著學步車上的玩具。

「小昌昌，等一下把鼻和姊姊回來，我們就要去吃『神奇牛肉麵』了喔！」

「藕～麵。」字一多，小昌昌把牛肉兩個字併成一個字了。

「是牛肉麵，不是藕～麵。」

「藕～麵。」還是一樣口齒不清。

「算了算了，就是吃牛肉麵，好不好？」何碧蘭忘了小昌昌順著語尾會答不好，但她還是問了，沒想到這次小昌昌的回答，竟然只是一個單字「好。」

「呵呵，寶貝昌啊，你什麼都好。」何碧蘭揉了揉小昌昌的頭。

「都好。」

「什麼都好啊？」推門進來的羅蔓聽見小昌昌說的那兩個字。

「好啊。」

「唉喲，底迪你啊，別像九官鳥一樣嘛！」

「樣嘛。」

「喔，小姊姊要敗給你了啦，你還真是九官鳥啊！」

「官鳥。」沒人發現小昌昌跳開最後一個字。

又一個進門的姊姊一聽見可急了，「什麼『關』鳥？底迪的『鳥鳥』不都是關著的嗎？」羅莉指的是小昌昌不是都有穿著褲子？

大頭精靈和小個幽靈聽到這個「關鳥」，兩個同時「噗嗤」了一聲，小昌昌忙向著這兩個從前同伴擠眉弄眼，口裡「※※○○&&%%」喃了一串，不要談說人話的家人聽不懂，就連以鬼話交流的精靈，也搞不清他要表達什麼。

「欸，大頭，他在說什麼？」

「我哪知？他現在跟我們不同國了，我們的話他忘得差不多了。」

這回小昌昌沒跟著羅莉的語尾接下去，他倒像是聽懂大姊姊說的是他的「小弟弟」，頭一低，雙手抓著自己褲襠拉扯好半天。

「幹什麼？想獻寶啊？鳥鳥關起來了啦！」

「鳥鳥。」還在拉扯自己的小褲子。

「小變態，你想遛鳥啊？那是犯法的喔！」羅蔓拉開小昌昌的手，沒想到小昌昌是看著小姊姊說，「犯法喔。」

一時間兩個姊姊忍不住爆笑，什麼都不懂的弟弟也跟著笑得雙手掩嘴前仆後仰的，好像他什麼都明白似的。

「好了，妳們兩個別只顧著逗弟弟玩，快去換衣服，不是想去吃牛老大？爸爸一回來，我們就要出去了喔！」

「耶，要去吃牛老大囉。」羅蔓呼的一聲就往樓上衝去，後頭跟著羅莉也上樓了，這教何碧蘭真傻了眼，牛老大的魅力還不是普通的大嘛。

這晚羅氏一家全點了牛老大的招牌「神奇牛肉麵」，四碗麵一齊端上桌時，除了小昌昌手握著他專屬湯匙不停敲著桌面外，其他人是一式表情，盯著麵看得兩眼發直，心下各是不同思緒。

羅軒疆想著，上回吃了是覺得好吃，但是兩個女兒竟然一反常態再度要求外食，而且還口徑一致的指定就要這家牛老大，更是死忠一派只點吃神奇牛肉麵，到底她們兩個是迷上什麼？

何碧蘭呢？沒顧著大聲小聲敲著桌面演奏用餐進行曲的小昌昌，只顧自己心頭流淌過，眼前這碗還不就是尋常的牛肉麵，小莉、小蔓這兩個女孩究竟怎樣了？

開始對我煮的飯菜不感興趣，厭倦了一向的口味？是我該檢討，再在烹飪技術上加強？還是這兩個青春期的女孩，只為叛逆而開始要跟家裡唱反調了？

羅氏夫妻沒有經驗過往事歷歷在目情況，想的都是揣測女兒心理。唯有經過一次見到自己嬰幼時期的羅莉，戀慕著那似是身歷其境的感受，她多想在這凝視中，再次感受童年時的自己，被媽媽無微不至的呵護，那感覺真是好啊。

所有的人感受都沒羅蔓強烈，兩次的再見從前，羅蔓除了「正視」到自己的怪胎個性，也「同情」媽媽在有了一個女兒之後，還要花多倍於其他媽媽的精神來照顧她。多看一次，羅蔓就會為自己過去常埋怨媽媽的態度感到歉疚，並在心中多一分懺悔。

「爸，你們在幹什麼？餐前祈禱啊？」羅蔓見大家都沒動手的打算，開口玩笑說道。

「呃？」羅軒疆一愣，再回神時說了，「吃啊，吃啊。」

這時桌腳下兩隻精靈也正蓄勢待發了。

眾人拿起從家裡帶來各人的專用餐具，就要好好享用神奇牛肉麵了。

「啊？」何碧蘭突如其來大大驚呼了一聲，想當然的是聚集了牛老大麵館裡的所有焦點，幾乎是所有客人都抬起頭來向他們這桌行注目禮。羅莉和羅蔓雖也看著媽媽，倒也還氣定神閒，沒有羅家爸爸臉上顯現的慌張，更沒有焦急而來的店家老闆的擔憂，「怎麼了？這麵有什麼問題嗎？」

「呃……這麵……這麵……」何碧蘭想著該怎麼去說明這碗麵會浮出孩子小時候的情景。

「是麵沒煮熟？還是……」叫聲太大了，老闆上前來關切。

「是……我……看見我女兒……小時候……」

「呃？」這下換成老闆迷糊了，這女客人在說什麼啊？她女兒，她女兒不就在旁邊？都十幾歲了，還說是小時候，她是不是精神有點異常？

「妳女兒不就在這兒？不小囉。」

不說老闆詫異，就連羅軒疆也覺得老婆有點不對勁，她看到女兒小時候，她在哪裡看到啊？小莉、小蔓就在對首，青春期的孩子最忌諱人家說他們小，她還說小時候，她是累過頭了嗎？

「老婆……」羅軒疆碰了碰何碧蘭手肘，為免引來更多注目眼光，羅軒疆作主回老闆話，「老闆，沒事，我老婆說笑的。」

「喔。」老闆那一聲裡包含了無聊，隨即轉身忙他的生意去了。

明明在麵碗裡看見孩子小時候，卻被老公看成說笑，何碧蘭很不以為然，「什麼？你說我是說笑，我才不是呢，我……」

「我知道……」

呃？你知道？包含何碧蘭和兩個女孩都睜大眼睛盯著羅軒疆看，看得他渾身不自在。

「爸，你知道？」羅莉和羅蔓都狐疑。

「嗯啊，你知道什麼？」何碧蘭雖也質疑，但神情卻又是相信丈夫真懂她的心。

「我……」羅軒疆愣住了，到底他知道什麼？其實自己絲毫不清楚老婆剛才為什麼會有那種反應，他單純只是為了免去引來麵館裡所有客人的注目，和成了別人進食的配菜，或茶餘飯後的聊天題材，才會隨便用老婆說笑去回應老闆，現在家裡最大的三人女子黨聯合質詢，他到底要如何安撫她們呢？三個人投射過來的目光犀利無比，自己可得好好應付喔，「欸欸，妳們別看了，我說知道就知道，吃完回家再說吧！」

「爸，你不能這樣啦！」

「對嘛，爸——」

羅蔓和羅莉兩姊妹一前一後的企圖要她們老爸當場攤開明說，不過羅軒疆這個爸爸雖然民主、雖然疼愛女兒，可是該有所堅持的時候他也是很硬的。

「在大庭廣眾下，說妳們兩個『小』的事情，是自曝隱私，妳們可要想清楚喔！」

羅軒疆只是加重語氣在那個「小」字上頭，羅莉和羅蔓剎那間誤以為她們老爸是真人不露相，他是早已從神奇牛肉麵中感應到小時候的記憶。現在既然爸爸說回家再說，她們也就欣然接受，不再盧著老爸非得在公領域談私領域的事。

當然也因為羅軒疆強調了那個「小」字，何碧蘭轉而頷首微笑，老公果然是清楚事情來龍去脈，他回答老闆的話不是虛晃一招。

羅軒疆沒有深入去瞭解老婆大人的反應真相，只一逕的不想在大庭廣眾下出洋相，不想成為被議論的焦點，隨便唬弄只想平息場面，安靜吃一碗麵。

不過即使何碧蘭完全相信丈夫是在狀況裡，但她方才從麵碗裡的影像驚嚇過來，這時她如何吃得了那碗「神奇」的牛肉麵？尤其當她親生的兩個女兒，如此奇異的出現在麵碗裡時，她如何嚥得下？

因為剛才那個大震驚，往事遂如流瀑一幕幕沖刷過眼前。當年她拉大的抱小的，常是懷裡的小蔓哭得像被鬼給咬了，而那個又甩又扯就快將她的手拉斷的小莉，又總噘著嘴說媽媽不愛她。

那是何碧蘭每天像陀螺芯轉個不停的年代，一轉眼就過去那麼許久，她早已忘記那苦不堪言的時候，只把甜蜜留在心底。但是剛才突然跳回眼前的歷史畫面，讓何碧蘭一時半刻裡也說不清自己的心情，這時到底是苦還是甜？

小昌昌已經吞下他嘴裡的麵，不耐等的小娃兒又忙著敲桌子索討食物，何碧蘭垂眼看看身邊這個小兒子，難以置信自己竟在脫離兩個女兒纏人的緊箍咒後，又跳進一個看來會更慘烈的迴圈。

「麵麵⋯⋯」

「好好，馬迷餵。」

既然丈夫清楚她剛才的遭遇，也說了有話回家再說，這時就暫時放下那樁費人疑猜的事，好好伺候小精靈轉世投胎而來的小昌昌才是。

羅莉與羅蔓已經是一回生二回熟，也就習慣了看一段畫面，吃幾口麵，倒也還不致會惶恐於把影像和著拉麵全吞進肚裡去。她們慢條斯理地吃著，卻見媽媽一口也沒吃，而且還不敢面向湯碗，身體僵得直直的，仔細看還有點略略後仰，企圖讓身體和麵碗保持一個距離，再用那種不合人體工學的角度夾著拉麵，然後再把麵條一小撮一小撮的夾放在小昌昌的專用湯匙，若有所思的餵著小昌昌。

「媽，妳怎麼都沒吃？」

「我？喔，小昌昌吃飽比較要緊啦！」

說的也是，小弟弟的胃如果填飽了，他也才不會猛敲牛老大的桌子。不過媽媽的這個說詞能唬過羅蔓，就不見得能唬過目光炯炯有神的羅莉，在羅蔓低頭再度沉浸在吃與看的趣味時，也只有羅莉懂得媽媽微細的心思。

有道是「虎毒不食子」啊！

「媽，妳別擔心，妳只是吃麵，不會把我和妹妹吃下去的。」

「呃？」大家都愣然愣住，羅蔓猛的一口把掛在嘴巴外的麵條吸進嘴裡。

羅莉啊，到底是在說什麼？這次換成是她的話讓羅軒疆摸不著頭緒，瞧他那一口麵就懸掛在口齒上，平白把他俊帥熟男的形象給破壞了。

何碧蘭聞言雖是愣了半晌，但她今天倒像頓悟，突然間長了大智，很快就明白羅莉意有所指，接著露出的臉色分明是問羅莉，「妳也看到了啊？」

羅莉點點頭笑而未答，然後再示範夾麵入口，好讓媽媽安心。

何碧蘭在羅莉貼心地進行眼神溝通後，也戰戰兢兢地開始吃麵了。

「唔，還不錯吃呢！」

「所以這兩個孩子才會吵著要來吃麵哪！」羅軒疆恢復神智，但還是要問一下，「小莉啊，妳說什麼不會把妳和妹妹吃下去？」

「哎呀，你不懂嗎？」何碧蘭想丈夫剛剛那些話不是已經明白她在麵碗裡看到的影像，可是現在卻又好像他是在狀況外的。

「不懂什麼？」

「剛剛……啊，算了。」算了，先吃飽再說，一切都回家再說了。

「什麼算了？妳在說什麼？」

「我們說的是女人的祕密，你也想聽？太過分了吧！」何碧蘭順口說出的還真是暫時的事實。

「過分。」

一直專心吃著媽媽送進嘴裡麵食的小昌昌，吃飽喝足，有力氣了，猛然間又成了一隻九官鳥，這次自動省去了語尾助詞，引得爸爸、媽媽和姊姊們噗哧又一聲，連幾個從方才就開始頻頻注意他們一家的食客，聽著也抿嘴笑著。

「過你個頭啦，吃麵別提那個字。」羅蔓用力抹一把小昌昌的頭，她倒是想得太快，把過分的分想成米田共的糞了。

「你冤枉了小昌昌了，他不是說那個『糞』喔，呵呵……」爸爸聲援小昌昌，但羅軒疆這老個爸爸真是的，哪壺不開提哪壺。

「爸──我們都還在吃呢！」羅莉抗議。

「你啊，吃飽飽了啊？」媽媽愛憐的問，她的小昌昌忒是禁得起姊姊們的糟蹋，一點兒也沒把羅蔓、羅莉的話記在心上，事實上是他根本也搞不清楚怎麼一回事，他一樣是那張笑臉，像多數時候一樣，都只喃喃說著自己才懂的兒語。

「○○※※○○……」

四　四人共同回憶

「這個小昌昌也太好命了吧！」

「是啊，我們倆什麼時候才能有這樣的美麗人生？」

「唉……」

兩隻精靈的哀嘆聲是不會有人聽到的。

一餐飯的時間像被蝸牛扛著走似的，過得出奇的慢，何碧蘭雖然仍是善盡人母角色，用心餵食小昌昌，而羅軒疆這個好爸爸，一解決完自己那一碗麵，馬上就接手照顧小昌昌，讓老婆可以好好的吃一餐飯。

「小昌昌我來餵，妳快吃吧，麵都涼了。」何碧蘭恍惚中點點頭，再低頭準備吃麵，一看碗裡已經沒了影像，不禁大失所望的發出一聲「呃？」

「怎麼了？」羅軒疆緊張問著。

「嗯……就……」何碧蘭實在是也說不清楚。

羅蔓因為有過經驗，她知道麵涼了之後就浮現不出影像，媽媽應該是詫異這樣的轉變，但因這是媽媽的初體驗，她不明白其中奧妙的變化，又一次被shock，當然是又一次的瞠目結舌了。

何碧蘭的反應讓羅軒疆納悶，只是一碗牛肉麵就能把他老婆搞得七葷八素的，他略皺眉頭張口正要再說，羅蔓已搶先一步替媽媽回答了。

「都是因為小昌昌啦，也不會自己吃，害媽媽都只能吃他吃剩而且涼掉了的麵。」羅蔓作勢瞪小昌昌一眼，隨即安撫何碧蘭，「媽，妳將就吧，誰讓妳那麼寵小昌昌？」

小昌昌彷彿聽懂羅蔓是在說他，一雙大眼慧黠的骨碌碌轉著，清澈無濁的眼珠子看似能夠穿透人身，有那麼一剎那間好像就要記起未投胎前的種種，正在那靈光將現之際，羅蔓與羅莉都有種精靈在旁的悸動，不約而同身體顫了一下，就那瞬間兩人對看一眼，又分別對小昌昌說了同樣的話。

「底迪，不要以為爸媽疼你，你就可以胡作非為、無法無天喔，不乖一點，姊姊會修理你喔！」

兩人的音量相加堪堪被鄰桌食客聽進耳裡，轉過頭來看著羅氏一家，然後掩嘴吃吃笑了。羅莉與羅蔓才不在意此刻別人投過來的目光，因為她們心裡都同樣一個想法：這些人分明是羨慕我們是幸福美滿的一家嘛！

「在牛老大那裡妳到底是怎麼了？叫得那麼大聲……」才進家門，羅軒疆拉著老婆的手急吼吼的問。

「什麼？你不是知道了？」

「我知道什麼？我只知道妳的尖叫聲把老闆引來了。」羅軒疆感到莫名其妙，他所知道的不過是麵館裡老婆驚慌的事啊。

「吼，我還以為你都知道了。」

「呃……」越聽越奇怪，難道老婆的尖聲驚叫真的有原因，「那碗麵……不會真有問題吧？」

「拜託你啦，老爸，在牛老大那裡你沒看到媽和小昌昌把那碗神奇牛肉麵吃得乾乾淨淨，連湯也喝到一滴不剩，你到現在才要問麵是不是有問題，不會太晚嗎？」羅蔓就事論事。

「對啊，不過現在重點根本不是在這裡。剛才在牛老大那裡你不是說『知道了』？」羅莉盯著她老爸看半天，「原來你是唬弄我們啊？」

「我……嘿嘿……」羅軒疆一手撫著自己下頜裝起無辜。

「喔，爸，你好賊喔。」

「我只是不想引人側目嘛！」

「厚，你是怎樣？不想引人側目，那是我讓你丟臉了啊？」何碧蘭放下小昌昌讓他自己玩去，雙手扠腰質問丈夫，被質問的那人被說中心態，不好意思的做撓腮狀，「嘿嘿……那樣大庭廣眾之下，每一個人的眼睛都盯著我們看，妳不會不好意思嗎？」

「不會。」羅氏女子黨三人一起回答，隨後再加入一聲稚嫩娃娃聲，「不會。」

「呃？」全家人愣了片刻，然後屋子裡便爆出幸福的笑聲，「哈哈……」大頭精靈和小個幽靈也被感染得四處跳、四處撞、四處滾，直到跳累了、撞累了、滾累了，兩隻精靈相互依靠牆角，大口喘著氣。

其實羅軒疆是深知像他老婆那種厚道之人，如果是麵碗裡有隻蒼蠅、蚊子什麼的，她的作法是用湯匙默不作聲的舀起來丟掉，再像什麼事都不曾發生過的繼續食用。

兩人交往時，就曾遇過這樣的事，他本是堅持要店家撤下有問題的餐點，再換上一份新鮮沒問題的食物，可是何碧蘭卻緊緊拉住他，不讓他去據理力爭。

「弄掉就好了嘛！」

「這不是弄掉不弄掉的問題，是他們做生意要有道德良知。」

「你說得太嚴重了，他們有的時候只是疏忽，有的時候是蟲子自己飛來，他們完全不知情，和道德良知哪扯得上關係。」

「哪沒關係？如果是他們疏忽，那就很不應該，開店做生意的人怎能不細心，顧客的健康掌握在他們手裡。如果是蟲子自己飛來雖然不是店家可以掌控，但至少環境衛生做得好，就可以避免這種狀況發生。」

「你說的是沒錯，不過我們小時候，還不這樣過來，也沒災沒病的活到今天，沒關係，舀出它就好了啊！」

「不行的，這是姑息，為了以後的客人，我覺得我有必要跟老闆說。」

「得饒人處且饒人，如果你一定得說出來，那就等一下要結帳的時候再說嘛！」

何碧蘭當時所持的看法，還包括進食間就將那樣的事鬧開，勢必引發在場顧客的疑慮、慌張，他們也可能懷疑自己也吃下數隻昆蟲，這不但會造成人心恐慌，也會使店家生意受到影響。若只影響當天的生意還算小事，然而口耳相傳的擴散力量之大，是常人無法估量的，若是因為一隻小小蚊子，而害人頓失生計，心腸軟的何碧蘭怎麼樣也會過意不去，所以她才竭盡所能阻止羅軒疆在那當下向店家反應。

當年是這樣寬厚的人，如今生養了三個孩子之後，源源不絕的母愛必然使之更為慈悲，這是羅軒疆對他結髮妻子的瞭解。

也由於長年的耳濡目染，十幾年的婚姻生活之後，羅軒疆比之於何碧蘭的忠厚有過之而無不及了。

今天牛老大店裡何碧蘭突如其來的驚慌慘叫後，要息事寧人的就變成是他羅軒疆了。現在回到家來羅軒疆也不是想蒐集證據好告官，他只是對出現在他老婆碗裡的昆蟲好奇，是哪種不常見的「異種昆蟲」驚嚇了他老婆？否則以他老婆見過的陣仗之多，尋常昆蟲是嚇不了她的。

這一想，羅軒疆突然又想到，在牛老大麵館裡也沒看見老婆舀出什麼形似蟑螂螞蟻類的昆蟲，難不成她餵給小昌昌吃了？他再看一眼剛放下手就玩得正起勁的兒子，彷彿透視到他肚裡已經繁衍了數以千萬計的小昆蟲，不自覺的就要反胃了。

一旁的人頭精靈和小個幽靈在羅家大家長面前東跳西跳，四隻手不停揮著，宛如之前的電視節目《百萬小學堂》裡的那些孩子，不停喊著「選我、選我」，卻是分毫都沒引來一丁點注意，因為人家爸爸在意的是他的兒子，祂們兩個只是不具形體的精靈。

「小昌昌，嘴巴張開把鼻看看。」

「啊——」挺乖的小孩嘴巴張得老大。

「你是在看什麼？」

「看小昌昌有沒吃進什麼蟲子？」

「小昌昌吃蟲子？」何碧蘭不懂了，這個家她每天都整理得窗明几淨，就算讓小昌昌坐地上玩也是安全無虞，「我們家哪來的蟲子？」

「我不是說我們家，我是說牛老大的那碗神奇牛肉麵。」

「牛肉麵？」何碧蘭隨口還用力嚥了嚥口水。

羅軒疆看看老婆這動作，似乎她也是吃進不少隻小蟲。當時如果不是羅莉跟她媽媽說了那些話，指不定老婆大人會把那一大碗麵全餵給小昌昌吃。慘了，這下不得了，這個寶貝兒子不就將會成了昆蟲製造機？

想到羅莉，就想起在麵館裡她和她媽媽說的話也真是怪，怎會談到吃她和羅蔓，更怪的是老婆居然也懂，看起來那時她們的話中就有話，到底是什麼話呢？

「沒有啦，牛老大的神奇牛肉麵沒有蟲，你放心，小昌昌除了麵和牛肉，其他什麼都沒吃到。」何碧蘭明明是正經答話者，吸口氣卻變成發問的人，「我問你喔，你的那一碗麵有沒有哪裡不一樣？」

「不是說沒有蟲，怎麼還問我的麵有沒有哪裡不一樣，妳到底要說什麼？」

「哎呀，你先別管我要說什麼，你就說你那碗麵有沒有哪裡怪怪的？」

「哪有什麼怪怪的，就是牛肉麵嘛，要說有什麼不同，就它的麵是拉麵啊！」

「不是這個啦，我是說你有沒有看到什麼奇怪的東西？」

「奇怪的東西？沒有啊，就是牛肉麵而已啊！」羅軒疆的右手掌撫了自己頭頂一圈，沒弄懂老婆的意思。

「唉喲，你怎麼沒聽懂咧，我是說你有沒有看到除了牛肉和麵以外的東西。」

「妳到底要說什麼？牛肉麵裡會有什麼除了牛肉和麵以外的東西？」

「喔，你怎麼這麼難溝通咧，就是說……」

這兩個夫妻雞同鴨講了半天，大頭精靈一直扯著何碧蘭的衣服，祂很想幫忙解釋，不然直接現場表演也行。只不過祂還沒來得及付之行動，小個幽靈就兩手環抱大頭精靈的粗腰，不讓祂冒然行動。

「你幹什麼啦！」

「不能現身，你會把這個家亂成一團。」

「那我就只能在神奇牛肉麵裡玩啊？」

「不然咧，誰教我們兩個是沒命鬼。」

羅莉和羅蔓兩人光是聽媽媽那樣沒頭沒腦的問話，不需要多想也知道，問到半夜，問到天亮，爸爸也一樣茫然。

想想不行，兩人對看一眼，羅莉覺得有必要幫媽媽使一點力，於是示意經驗多於其他人的羅蔓發言。

羅蔓早就等不及要發表，這時看到姊姊射過來的眼神，不假思索的便開口說了，「媽，妳這樣要說到什麼時候？妳就直接問爸爸，有沒有在麵碗裡看到影像不就結了。」

「影像？什麼影像？」羅軒疆愣住了，結結實實愣住了，那是一碗牛肉麵，又不是投影機，會有什麼影像？

就這片刻，何碧蘭三個母女完全明白，只有她們三個人在麵碗裡看到紀錄，男主人根本沒看到過去生活的任何紀錄，他真的只享受了一碗牛肉麵而已，不像她們三人物超所值。

怎麼會這樣呢？

不是付錢的是大爺？大爺應該要享有多一點服務，為什麼變成是她們母女買一送一？吃了麵還外加回味往事。

何碧蘭陷入一種無法理解的狀態，她所想的與前回羅莉兩姊妹所想的一模一樣。為什麼只有她們母女見得到這個異象？是她們母女八字容易通靈？才這麼一想，何碧蘭正瞥見玩著電視遙控器的小昌昌，莫不是因為小昌昌這個幽靈小男孩的誕生，她們才具有這種超能力？

前頭才這麼想過，後頭何碧蘭又忙著在心裡呸呸呸個不停，小昌昌是她懷胎十個月，活生生又有血有肉的孩子，哪是什麼靈異小男孩？

「媽，妳別管那麼多，爸爸沒看見是他損失。」

「損失？我損失什麼？」

「損失看一段影片啦！」

「影片？在牛肉麵裡有得看影片？哈哈哈，這是我聽到二十一世紀最荒唐的笑話。」當羅軒疆這樣說的時候，大頭精靈很不服氣的向他衝撞而去，可是除了看得到精靈的小昌昌突然提高聲音「啊啊……」的鬼叫外，被撞的爸爸毫無知覺，當然其他三個母女更是渾然不知。

「什麼荒唐？什麼笑話？你不信？」對於羅軒疆的不屑，何碧蘭力加反駁。

「羅蔓說的不太對，不是影片，是影像，是回憶。」羅莉做了修正。

「哎呀，不管是影像還是影片，或是回憶，總之，就是你沒有福氣，所以沒看到。」何碧蘭得意的說。

「喔，我都讓妳們母女三人搞糊塗了，吃碗牛肉麵，也能搞出看到影像的說法。」

「爸，我們和媽真的是在麵碗裡看到影像。」

「對啊，還一直不信？」

「那妳們看到了什麼？」

羅軒疆才擺明願意相信她們的說詞，母女三人就搶成一團，我我我的，爭相要第一個說出自己的經歷。

「爭什麼爭？敬老尊賢，不懂啊？讓媽媽先說。」爸爸下達命令。

「喔。」

「我說我說，我啊，剛剛在麵碗裡看到小蔓七、八個月大，小莉快四歲時的畫面……」

「……」羅軒疆面露不可思議，「小蔓七、八個月大的什麼事？」

「就是那次啊，你記不記得？我忙著煮晚餐，小蔓原本安靜在大床上睡覺，也不知道什麼時候小莉爬上樓去，說是好心要拉小蔓起來走路……」媽媽還在陳述，羅蔓就驚呼一聲，「啊？我才多大，要拉我起來走路？姊，妳也太天才了吧？」

「我？有嗎？」兇嫌完全無記憶。

「哪沒有？妳啊，一把揪起小蔓胸前衣服，把她當小雞抓，妳自己還小，力氣不夠，就這樣把小蔓拽到地上。」

「嗄？那不痛死了？媽，我有沒有受傷啊？」

「是這樣的嗎？媽不是在廚房，哪看得見啊？」兇手通常都不認帳。

「我啊，是忽然聽到『砰』一聲很大的撞地聲，再聽到小蔓發出淒厲的哀嚎聲，顧不得煎了一半的魚，瓦斯一關，馬上跑過去，這一看，連我都快昏了。」

「怎麼了啊？」兇手與被害人兩個不約而同開口問。

「小蔓倒栽蔥了啊！還好小莉的手還抓著小蔓胸前衣服，要不然啊……」

「喔，姊，這下子是證據確鑿，妳想賴都賴不掉的。」

「對對對，我也想起來了，那陣子妳媽變得緊張兮兮，老是擔心小蔓腦震盪，或是腦袋會有什麼後遺症的。」羅軒疆一語帶過何碧蘭當時的心情。

「呵呵，還好，我這是吉人天相，所以還是長得頭好壯壯的啦。」

「所以，媽，妳太緊張了啦，我那時還不到四歲，也沒多大力氣，拽不死小蔓的啦！」羅莉順著羅蔓的話輕鬆說笑。

「那是幸運，砰的一聲是妳踢倒椅子，要是小蔓真怎樣了，妳也不好受。」

媽媽說的倒是，這一刻羅莉想起她的好友李秀緞有一次和弟弟騎腳踏車競技，結果弟弟摔成重傷，還在加護病房待了一個星期，才轉到普通病房，在醫院住了很長一段時間，那段日子李秀緞變得沉默寡言，整天都處在懊惱悔恨之中，羅莉記得自己還搬出阿嬤那套功德回向說來勸李秀緞。

「秀緞，別這樣整天愁眉苦臉的，事情都已經發生了，再懊惱也挽回不了什麼。」

「都怪我，要是不隨著弟弟起舞，就不會發生這個事情。」

「都已經發生了，妳還能怎樣？」

「可是看我弟那樣，我真擔心他……」

「啊，對了，妳可以念佛回向給妳弟弟，那他就會很快好起來。」羅莉想起虔誠向佛的阿嬤總是這麼說。

「誰說的？」

「我阿嬤。」

「妳阿嬤說的真有效嗎？」

「呃……靈驗，靈得很，妳做就是了嘛！」關於成效羅莉不是很清楚，但只要能夠做到鼓勵秀緞、安定她的心，誇大一點也無妨。

在那種瀕臨絕望的時刻，李秀緞抱著姑且一試的想法，想到就口念阿彌陀佛，去醫院看她弟弟的時候，都會跟她弟弟說這些，似乎秀緞的誠意感動了諸佛菩薩，她弟弟在普通病房住了一個半月後痊癒出院，完全沒留下任何後遺症。

在媽媽的轉述中，羅莉也為自己捏了一把冷汗。幸好羅蔓福氣大，當年沒被她失手甩下地，否則如今她就不可能如此自在了。羅莉帶點歉意的推了推妹妹，羅蔓則是回以一笑，表示她完全不在意。

談到過去點點滴滴，有共同記憶的四個人，都忘記他們本來談的是從牛肉麵裡看到影像的事，焦點一轉，全轉到羅莉和羅蔓的幼小時光。

人世間有什麼比全家美滿生活更讓人感到快樂？閒聊時齊聚一堂，如此這般的說說笑笑，再把快忘了的從前往事，一件件掀開來，這才發現，事實只是一個單純事件，完全不是那時個人主觀想法的委屈。

羅莉與羅蔓以青春少女的眼光回頭看，完全能夠明白媽媽要同時照顧兩個孩子，必然有她力有未逮的時候，事實上媽媽對她們兩個的愛心是相等的。而何碧蘭也因這奇妙經驗，才察覺到當年自己真的沒把心神「喬」得平均些，也難怪這一路而來，兩個女兒老要說「媽媽偏心」，實在是自己的大疏忽啊！

母女三人忽忽感覺對彼此都有歉疚，互相搭肩挽手，各自把話說開。

「我現在才發現其實媽媽也很疼我，我被姊姊拽下床這小事，媽媽就把我照顧得無微不至，而且還大大的處罰了姊姊。」

「其實妳還沒出生前，媽媽只照顧我一個人，妳出生以後，媽當然要分點精神照顧妳，我喔，還真小器，老是因為這樣就吃妳的醋。」

「唉喲，聽妳們兩個這樣一說，媽媽反而不好意思呢，是我做得不夠好，才會讓妳們兩個都覺得沒得到完全的照顧，害妳們以前老是為一些事爭吵，媽媽要向妳們兩個說對不起呢！」何碧蘭一手摟著一個女兒的肩。

「媽，妳不要這樣說啦，我們才不好意思咧，我們都無理取鬧。」羅蔓皺著鼻頭說。

「嗯，以前真不懂事，媽都已經這麼好，我們都還嫌不夠，真是人心不足蛇吞象。」羅莉看了一眼羅蔓笑笑說。

「喔喔，今天是妳們母女三人大和解啊？怎麼每個人都突然謙虛起來了？」

一家人能敞開心胸把過去彼此心裡的嫌隙說清楚，讓誤會冰釋，看在羅軒疆眼裡，是可感可喜的事。只是這四人一說就說得起勁，完全忘記一旁還有個「涉世未深」的小昌昌。

轉頭一看，小昌昌咿咿呀呀說個不停，彷彿他面前站了人，事實是他和隱形朋友玩得可起勁了。

「噓噓……」

小昌昌突然冒出的聲音，讓何碧蘭緊張了起來，立刻從沙發椅上彈起來，抱著小昌昌就要往廁所去。何碧蘭的動作讓兩隻精靈笑得「鬼」仰馬翻，從小昌昌座椅手把上摔下地了，不過這一切依然沒被大家看出來。

小昌昌明白媽媽要帶他去尿尿，他扭著身體，掙扎著要下地，「不要，不要。」

「你不是要噓噓？」

「不要，不要。」

「現在不噓噓，等一下尿褲子，馬迷要打小屁屁喔！」

「打小屁屁。」瞬間小昌昌兩隻手不停在自己的小屁股上胡亂撥著。

「哇，羅宋湯會說四字了耶！」羅蔓發現了小昌昌語句的不同以往。

「呵呵，九官鳥進階了。」羅莉順手捏一把小昌昌右臉頰，「小傻瓜，還自己說要打屁屁，呵呵……」

「人家我們小昌昌長大了嘛！」

「小昌昌以後會像大姊、二姊一樣會說話。」羅軒疆這話給兩個女兒抓著語病，兩姊妹和聲似的取笑她們的爸爸，「爸，小昌昌已經會說話了。」

羅軒疆被女兒們這麼一吐嘈，右手撓撓後腦勺尷尬笑著。

小昌昌地板上轉著，不停嚷著「打小屁屁」，爸爸、媽媽和姊姊們仍然在對話裡笑著。

這一家人哪裡知道，是那大頭精靈和小個幽靈正輪流將小昌昌的屁股當沙包練著拳哪！

五　五口幸福家庭

經過牛老大麵館神奇牛肉麵的洗禮之後，羅莉與羅蔓兩姊妹深深覺得自己是世界上最最幸福的孩子，爸爸、媽媽都用他們全部的愛來養育她們。

後來有一陣子羅蔓瘋狂著迷牛老大的神奇牛肉麵，她之所以喜歡，是她從一次次的兒時影像裡，看到媽媽給她無微不至的愛，她知道自己是被愛的孩子，她也知道縱使家裡多了小弟弟，媽媽依然是愛她的，並沒有比姊姊或弟弟少一分一毫。四十幾歲的媽媽雖是有了三個孩子，也依然全心疼愛她的每一個孩子。

羅蔓越來越覺得自己是宇宙無敵超級幸福的女孩，她感謝牛老大的老闆，更感謝他店裡的神奇牛肉麵，所以就以常去捧場做為回報。家裡爸爸、媽媽並不完全了解這些來龍去脈，單純想到羅蔓正在長身體，既然她想吃又吃得下，也就不反對她偶爾去光顧牛老大了。

可是這就苦了大頭精靈與小個幽靈了。

「你看，都是你想出這樣的鬼點子，現在可好了，我們得常常『下麵湯去表演』。」小個幽靈責怪大頭精靈。

「你也同意的，現在抱怨做什麼？」

「要是這樣繼續玩下去，我們要怎麼去投胎成為媽媽的寶貝？」小個幽靈噘著嘴說，大頭精靈推了祂一把，「拜託你啦，人家媽媽又沒說要再生，你是要當人家什麼寶貝？」

「呃……」

「是說……我們現在這樣，不也像是他們家的一分子？」大頭精靈的說法終於讓小個幽靈開口笑了，「嗯，你說的也對。」

「欸？你該不會想一直在這個家這樣待，就不去投胎了？」小個幽靈突然有所悟，回了大頭精靈這一句。

「嘿嘿……」大頭精靈晃著他那顆大頭咧嘴吃吃笑著。

自從羅蔓有了神奇牛肉麵這個祕密動能後，她彷彿擁有了豐厚的向前邁進動力，動能越多，她越不會吃小弟弟的醋，她知道小昌昌年紀小，本來就是需要媽媽多一點照顧，像她自己小時候那樣。她想到自己娃娃時候，媽媽年紀才剛要三十歲，屬於年輕力壯，可她也還是把媽媽搞得七葷八素，何況小昌昌出生時媽媽已過高齡四十，體力當然不比當年，而小昌昌又是個古靈精怪的小孩兒，媽媽光是忙他的事都已精疲力盡了。但媽媽還是盡她做主婦的本分，把家理得好好，把每一個人照顧得好好的，也沒虧待過她，她不應該在雞蛋裡挑骨頭才對。

這份神奇牛肉麵無法言傳的感應，總將羅蔓胸膛填得滿滿的，那份滿足、那份喜悅讓她忍不住有好幾次就要在好友范慈倩面前說開，可是她又苦惱不知如何開口才不會讓范慈倩當成笑話。

「妳幹嘛啦？有話要說妳就說，什麼時候妳也變得彆扭了？羅蔓。」范慈倩邊收拾書包邊說。

「我？」

「我什麼我？有話妳就說嘛！彆彆扭扭的不像妳耶。」

「呃？」

「先說喔，要巧克力是沒有的。」

「拜託，我才不像妳們這些人拿巧克力當安慰劑。」

「誰拿巧克力當安慰劑了？」

「不然妳那麼吃巧克力是怎樣？」

「巧克力好吃啊！」

「好吃個鬼咧，不是苦的要命，就是甜得過頭，真不知道好吃在哪個點？」

「妳啊，不會享受人間美味。」

「巧克力叫做人間美味？笑死人了，哈哈。」羅蔓做誇張掩嘴大笑狀，「說到人間美味，我跟妳說過的，我家那附近有個麵館叫『牛老大』，他的『神奇牛肉麵』才是人間美味呢。」

「牛肉麵就牛肉麵，還弄個什麼神奇牛肉麵，我才不信它有多美味。」

「哎呀，妳要去吃了才會知道神不神奇，要不要去吃？」

「現在？」

「對啊，就是現在。」羅蔓那一副不趁此刻更待何時的表情，讓范慈倩迷糊了，「現在四點二十分，我們剛放學呢。」

「我知道啊，我們剛放學，剛過四點，肚子正在唱空城。」

「你們不是每天都要全家一起吃晚餐？」

「呃……」經范慈倩提醒，羅蔓尷尬的摸摸自己鼻頭，不過她隨即一想，為了范慈倩有個新體驗，她該捨命陪君子，了不起今天就吃它兩份晚餐。「沒關係，回去我照樣上桌和大家一起吃飯。」

「啥？」范慈倩杏眼圓睜帶著不敢相信的神情，「吃了一碗牛肉麵，回去妳還吃得下飯喔？」

「呵呵……」

「妳豬啊？」

「欸欸欸，不要隨便對人說『豬』這個字喔，小心我告妳侮辱。」羅蔓趕緊補上一句：「晚餐我可以吃少一點啊！」

「妳三八啊，走啦，吃神奇牛肉麵去吧。」范慈倩挽著羅蔓的手就走，羅蔓忽然想到范慈倩又說了一句敏感不中聽的話，她因此再抗議一次，「妳這是雙重侮辱了喔。」

「什麼？」范慈倩完全在狀況外。

「妳三八啊這句嘛！」

「吼，妳也說了，這下扯平了。」范慈倩腦筋轉得夠快。

「欸，心機女。」

「知道就好。」范慈倩快步向前：「走啦！」

「唉唷，真是累啊！」

「動快一點，不然趕不上她們。」

「那正好，就不必『下湯碗』賣力演出了。」

「那羅蔓想讓范慈倩看的好戲就沒了呢！」

「沒了就沒了嘛！」

「欸欸，羅蔓是小姊姊，怎麼能讓小姊姊出糗？」

「……」在小個幽靈啞口之際，大頭精靈再補一句：「我們是羅家的一分子，當然要互相幫忙啊！」

「唉，要是沒有他心通的本事，就不必這樣麻煩囉！」

小個幽靈的牢騷大頭精靈沒聽進耳裡，抓緊小個幽靈的手漂浮在灰濛濛的空中。

這天雖是陰天，但遠遠看去有兩家店面寬的牛老大麵館，大大的招牌紅色的字體非常醒目，煮麵、切滷菜的檯子一字排開就在騎樓，場面真壯觀，更壯觀的是店門前那一長串排隊等著外帶的顧客，范慈倩這才不得不相信羅蔓說的話，牛老大麵館生意真是興隆啊。

范慈倩本來還以為是羅蔓為了拐她去吃麵故意誇大事實，現在親眼所見，反而覺得羅蔓的說法有點保留。

隨著羅蔓走進牛老大麵館，看著那與一般麵館不相上下的擺設，范慈倩打心裡不認為牛肉麵會有多好吃。當她抬頭看到牆上貼著的品項，還真的有個神奇牛肉麵，當下決定等一下真要嚐嚐，看它到底有多神奇？

是那個不信邪的念頭讓范慈倩不需羅蔓再慫恿，才坐下客人剛離去的桌子，服務人員一靠近要收拾桌面，她就等不及點餐，「我要神奇牛肉麵。」

「……」羅蔓不可置信的愣住，好半天沒開口，還是服務人員出聲問她，「那……這位同學要吃什麼？菜單畫一畫。」服務人員指了指桌面靠牆處的菜單。

「喔，我也是神奇牛肉麵。」

羅蔓快手快腳取了菜單，在神奇牛肉麵那欄註記了二，抬起頭拋給了范慈倩一個詭異的笑容，范慈倩十分納悶。

「喔，好，請稍等。」

服務人員退下後，范慈倩迫不及待追問：「欸，妳笑什麼？」

「哪有？」

「哪沒有？剛才笑得很賊。」

「賊？我？」羅蔓一根手指點在自己鼻頭，又笑了起來，這回笑得范慈倩有了更大的疑團。

「妳到底在笑什麼？」范慈倩搖晃羅蔓的手，羅蔓故作神祕就是不說，范慈倩想想也作罷了。她想憑著她和羅蔓從小一就開始同班，到現在總共六年的麻吉情誼，她相信羅蔓絕對是好康才會報給她知，她也相信羅蔓絕對不會故意帶她來出糗。

「算了，懶得跟妳計較。」范慈倩訕訕的說。

「嘿嘿……」羅蔓還是賊笑著。

等待牛肉麵送來的時刻，范慈倩環顧牛老大這一家麵館，居然是一桌客人剛走，馬上就有新來客人坐下，當真牛肉麵好吃到會彈牙？大家口耳相傳就這麼把他牛老大的口碑建立了起來，爭相捧著鈔票來讓他賺？

可是放眼望去來到這店裡的客人也不是人人都吃麵，就算是吃麵，人家牛老大也還賣大滷麵、炸醬麵、麻醬麵，更何況吃水餃的客人也不在少數，究竟羅蔓大力介紹的牛肉麵是怎樣的一碗麵呢？范慈倩還沉浸在個人思索中，她的麵就已送上來了。

「小姐，牛肉麵來了。」換個服務員喊她們小姐，范慈倩小有自己長大了的感覺，恍惚間她直白說出：「我們是點神奇牛肉麵喔。」

「是神奇牛肉麵。」服務人員回應了之後再補一句：「我們就只有神奇牛肉麵。」

服務人員一手一碗絲毫不怕燙，就這麼端來兩碗神奇牛肉麵，不偏不倚各是放在范慈倩與羅蔓的面前。

「呃？」范慈倩還在恍神中，忘了道謝，還是羅蔓回應的呢。

「謝謝。」

范慈倩看著那一個大的出奇的瓷碗裡，正中央擺著一坨拉麵，八分滿的暗褐色湯汁裡隱隱約約看見牛肉塊像躲迷藏般的欲蓋彌彰，范慈倩看著覺得有趣不禁翹起唇角微笑，或許這就是羅蔓賣的關子吧！

第一眼范慈倩就對這碗神奇牛肉麵有了好印象，光是那份細緻綿密就讓人對它產生好感。何況麵與湯之外，還有那彷彿蓮葉般漂浮在麵湯之上的白菜，和那幾許凌空飄下似的蔥花點綴，范慈倩看著看著竟傻了。

「吃啊！」羅蔓突然出聲把范慈倩拉回了現實。

是啊，麵是煮來吃的，當然得趁熱品嚐才是。范慈倩於是一手提起筷子一手抓住湯匙，就要吃將起來。猛一看向羅蔓，卻見羅蔓竟是放著她自己眼前那一碗麵不動，反是臉上仍然掛著莫測高深的賊笑盯著她看。

這情形……莫非有詐？

「欸？妳幹嘛不吃？」范慈倩武裝自己。

「要啊，怎會不吃？」

「那就吃啊，還等什麼？」

「等妳先吃。」羅蔓唇角似笑非笑，看了讓范慈倩納悶裡帶點心慌。

「呃……妳是在玩啥花樣？」

「我？」羅蔓手指自己一臉無辜。

「妳笑得賊賊的，在搞什麼鬼？」

「拜託，妳少疑神疑鬼的，吃麵啦。」

「妳說，是不是在這麵裡搞了花樣？」

「噓，妳小聲點，麵又不是我煮的，我能玩什麼花樣？」

羅蔓這麼說范慈倩倒也無話可說。

這麵本就不是羅蔓煮的，她也沒有跑到前頭下麵的爐子邊去，硬要說她動了手腳，好像也太牽強，有栽她贓的嫌疑。這樣一想心就放寬，同時也因被牛肉湯香氣薰得飢腸轆轆的，於是筷子和湯匙一齊動作，準備下碗去撈，范慈倩就這麼低頭看向那大大的湯碗。

「呃……」范慈倩雙手還懸在湯碗上空，出了一聲疑問，人便僵住，片刻之後，喃喃地喊著，「弟弟，弟弟……」眼淚旋即像溢出堤岸的河水不停流滿整張臉。

這哪裡是牛肉麵，明明是她那短命的弟弟，想起弟弟從滿月之後就被爸媽放在外婆家，只能跟年紀超過六十的外婆生活，她和爸媽只有假日才去看他，弟弟偏偏等不及長大就走完一生。對照自己能和爸媽幸福生活，弟弟終其一生幾乎不曾享受過完整的家庭生活，一時悲從中來，范慈倩再也關不緊淚水的龍頭。

「嗚嗚嗚……」

羅蔓完全沒料到會是這樣，她以為范慈倩只會看到她自己小的時候，沒想到她的記憶裡全填滿她那溺斃的可憐弟弟。

羅蔓慌了。她看著范慈倩哀傷逾恆，歉疚感也漸漸浮升，這不是她的本意，她的原意只是想帶范慈倩來回味兒時，回憶她不曾記住的兒時。

她們這一桌一個是痛哭流涕中，一個正手足無措著，四周客人被范慈倩的哭泣影響紛紛轉頭過來，大家看著這情形面露不解，頻頻有人三三兩兩、交頭接耳議論起來，羅蔓眼尾餘光掃過這些，只覺得尷尬極了，這碗麵怎麼吃得下呢？

「欸，我們走了啦！」羅蔓站起身，左肩揹起自己的書包，右肩再揹上范慈倩的書包，然後兩手使勁拉起范慈倩就往外走，順手再把剛剛已拿在右掌上的錢遞給了老闆，「老闆，兩碗牛肉麵的錢。」

「她……怎麼了？」老闆關心並小心翼翼的問著。

「呃……」羅蔓一時語塞，不知如何回答，沒想到范慈倩倒停下腳步抽噎著據實以告，「弟弟，我弟弟……」

「嗄？」老闆是一頭霧水了。

「嗯……她突然想起她弟弟……」羅蔓雖愛神奇牛肉麵的奇幻，可是此刻因為范慈倩而成了整個牛老大麵館的焦點人物，已經聚集了所有目光，她可不想再因她們的幻象經驗而成為本市，甚至全國的風雲人物，不作多想拉著范慈倩趕緊就閃出牛老大的店。

為了避免也在大街上製造話題，羅蔓死命抓著范慈倩，向距離牛老大較近的自己家走去。

「你搞什麼鬼嘛？」大頭精靈揪著小個幽靈的耳朵。

「我配合你啊！」

「配合我？」大頭精靈一手指著自己鼻子，「我又沒說要跳到范小弟溺水這一趴。」

「還說？你剛剛有這個念頭，我只是follow你而已啊！」

「嗄？」大頭精靈被小個幽靈一說，張口結舌了好一會兒才又吐嘈回去，「你以為你是小昌昌啊，都跟著人家屁股後！」

「嗯，我就是。」

「算了，不理你了，趕快回去看范慈倩會怎樣？」

「欸？慈倩怎麼哭了？」

「怎麼哭了。」九官鳥似的小昌昌也說。

「小蔓，慈倩是怎樣？」

「倩是怎樣？」還是一隻九官鳥。

何碧蘭一見進屋來的，除了羅蔓還加個被羅蔓提著的范慈倩，范慈倩那樣子簡直就像剛從淚缸裡撈起的淚人兒。

偎著何碧蘭的小昌昌跟著媽媽關心語尾呢喃，可這會兒小昌昌的可愛兒語，聽在已心煩意亂的羅蔓耳裡，反是嘈雜。

「你別吵，小鬼。」

「小鬼。」兩隻剛飄進屋裡的精靈，忙去守在小昌昌左右，他兩手又要忙著空中亂抓，忙得前仆後仰。

天下就羅家這個小昌昌，能以他的天真轉化所有僵局苦悶，他的一句小鬼隨著羅蔓語尾道出，巧妙的療癒了范慈倩失去小弟的傷痛，將范慈倩逗得破涕為笑。

「呵呵……」

小昌昌看見范慈倩笑了，也跟著笑得無邪，「咯咯……」

「呃？」何碧蘭本在狀況外，現在被這一幕搞得更是糊塗，范慈倩一下子哭一下子笑，會不會神經岔歪了？而她的寶貝兒子跟著笑得前仆後仰，是不是也有點太OVER了？

羅蔓愣了片刻，總算范慈倩不再哭得淅瀝嘩啦，看來九官鳥弟弟也是有點功用的，揉揉小昌昌的大頭，嘉許他一句，「好樣的小昌昌，你啵兒棒。」

「ㄅ——半。」小昌昌念得舌頭快打結，大家又笑了。

「是啵兒棒啦，底迪，啵兒棒。」

「ㄅ——半。」

「你word用舊注音啊？ㄅ半你個頭啦！」

「你個頭啦。」九官鳥還摸了自己的頭，當然又是哄堂大笑了。

之後，羅蔓出掌呼了范慈倩一記手臂，還出了聲怨怪她，「妳神經啊？又哭又笑的。」

「……」范慈倩一逕對小昌昌笑。

「呃？」何碧蘭對這一切還是莫名其妙。

「剛剛很丟臉呢！」羅蔓再抱怨。

「還說咧，都是妳，就說神奇牛肉麵是人間美味，害人家……」

這下子何碧蘭終於弄懂了，原來這兩個女孩是去牛老大那兒吃神奇牛肉麵，那準是范慈倩看見了她的兒時，一時心酸了起來。

欸？不對啊，待會兒家裡就開飯，羅蔓怎的先去吃碗麵再回來？

「小蔓，妳們去吃麵了，等一下怎吃得下飯？」

何碧蘭不提還好，這一提，羅蔓心裡滿是捨不得。

「還說咧，我一口麵都沒吃到，連個『影子』也還沒看到，卻白白花了我一百二十元。」說完這句突然想到什麼了，「不對，是花我兩百四十元。」

去麵館吃麵會沒吃到麵，不但沒吃到麵還花了錢，這是怎麼一回事？進了霸王店不成？

「那怎麼可以？走，我們去找老闆理論。」何碧蘭霍地站起來，忘了依著她的小昌昌就在腳邊，差點兒讓小昌昌滾下地，是范慈倩動作快，俐落撈起小昌昌，還把他抱在懷裡搖。

「媽，不必了，這一切都是因為范慈倩。」

「慈倩？」何碧蘭瞅一眼范慈倩，只見她帶著抱歉的眼神回看大家。

「就因為她在湯碗裡看到她弟弟，就哭得淅瀝嘩啦的，我只好付錢趕快把她帶回來囉。」

「哦——」恍然大悟的何碧蘭一轉頭看見范慈倩抱著小昌昌正玩在一起，那不是應該范慈倩享受的手足之樂嗎？

羅蔓看著范慈倩和她弟弟玩得起勁，也參上一腳三人玩成一團，兩人分別抓了小昌昌一隻手，很有默契的念著，「炒蘿蔔，炒蘿蔔，切切切，包餃子，包餃子，捏捏捏……」才念到這裡，兩個姊姊以為小昌昌是被她們撓得渾身發癢，才東倒西歪咯咯笑著，其實是那兩隻不甘寂寞的精靈夾在當中，所以這一團應該是五隻喔。

不多久羅軒疆和羅莉同時進門。

「欸？你們兩個怎會一起？」何碧蘭問的是進門的父女，羅莉問的是羅蔓和范慈倩。

「我去客戶那兒，順道就把小莉接回來。」

「我帶范慈倩去吃神奇牛肉麵，結果啥都沒吃到。」

「牛老大今天生意好得很哪！」羅莉想到剛剛爸爸開車經過牛老大，人家可是門庭若市呢！

羅蔓只得將范慈倩那一番出人意料的反應從頭鉅細靡遺說一遍，有過同等經驗的何碧蘭與羅莉很快就理解，唯獨一直無法窺見堂奧的羅軒疆一臉茫然。

「我真羨慕妳們，都能遇上這麼奇妙的經驗。」羅家爸爸的話聽進大小精靈的耳裡，互望一眼後，彼此拋出一個「公平對待」的眼神，祂們想到可以怎麼做了。

「呵呵……這是女性特有的權利。」何碧蘭的回答引動大家的思索，真這樣嗎？已經有過幾次經驗的羅莉，只當范慈倩的反應是件趣談，聽過就已放下，倒是她那餓扁的胃出聲抗議了。

「媽，我好餓，要吃飯了沒？」

「好好，你們都去洗洗手，我去把湯熱一熱準備開飯了。」

「寶貝們上樓去換衣服，快快下來吃媽媽煮的營養餐，噢，慈倩也一起上去洗個手，今天就在我們家吃飯。」羅軒疆邀范慈倩一起晚餐。

「喔，謝謝羅爸。」

「不客氣。」羅軒疆轉身抱起小昌昌往一樓浴室去洗手，嘴裡說的是每日一問，「唉喲，爸爸的小可愛，你今天乖不乖？」羅軒疆懷中的小孩兒忒是懂事的回應，而且很精準的只回一個字「乖。」

正和羅蔓姊妹往樓上去的范慈倩看到羅家爸爸對孩子的疼愛，心裡七分羨慕三分心酸。同樣是工作賺錢，為什麼人家羅蔓的爸爸，就能天天回家陪太太孩子吃晚餐？而她的爸爸呢？總有開不完的會、跑不完的應酬。媽媽也一樣，熱衷爸爸熱衷的那些事，不要說從沒像羅媽這樣煮餐熱騰騰飯菜等她回家，就連她的晚餐吃些什麼，他們兩個也從來沒關心過。

不想還好，這一想便悲從中來，眼眶不禁又溼潤了起來，這次她是為自己這個鑰匙兒感到心酸。所以她何必為弟弟的提早離開人間而感到難過，說不定弟弟早就選了一個像羅家這樣溫暖的家庭去投胎，去補足他前一生短缺的溫暖。

尾聲　大驚奇

無獨有偶的，羅莉也愛上那種邊吃麵邊看到自己小時影像，得以重溫舊夢的體驗。常常九點剛過，她就下樓，晃過盯著電視的父母面前，留下一句「我去吃碗麵」，人就出去了。

「欸？這小莉最近很奇怪，晚餐才吃過多久，她就要去吃碗麵？真的這麼快就餓啦？」

「她現在國三，功課重，常要傷腦筋，是需要補充補充。」

「那……明天開始，晚飯後，我再煮些什麼給她和小蔓當宵夜。」

「先問問孩子的想法，說不定她們也不喜歡妳太累了。」

「不累不累，才煮個東西哪會累？」

「妳還是問一下，說不定羅莉是愛上牛老大的『神奇牛肉麵』了。」羅軒疆猜想羅莉出去吃麵，不見得是肚子真的餓了，她應該是還想去牛老大那裡碰碰運氣，再回味小時候那段被媽媽呵護的時光。

「呃？牛老大的『神奇牛肉麵』？呵呵，我也愛呢！」

「什麼？」羅軒疆想不透老婆的意思，她從來奉行在家煮食，是在羅蔓強力要求下才破例外食幾次，現在老婆這樣說，難道是她背地裡偷偷去牛老大那裡？

「妳說，妳是不是常去牛老大那裡？」口氣很強硬。

「我……也沒有常常啦！」

「妳去幹什麼？」明知還故問。

「欸，去麵館當然是吃麵，不然還能幹什麼？」

「妳不是都自己弄來吃？」

「孩子從小吃我煮的營養餐，都還是會『移情別戀』，愛上牛老大家的『神奇牛肉麵』，所以我啊，當然要去實地探討原因，好再贏回孩子的心啊！」

何碧蘭話雖是說得如此漂亮，但羅軒疆是心知肚明的，老婆她自己也愛上牛老大的『神奇牛肉麵』了。

是說能讓自家妻女都迷上的那碗『神奇牛肉麵』，究竟有多神奇，自己是因緣不具足，絲毫沒有印證的機會，到如今都還只是停留在她們彼此對話中的驚異與趣味。

這一家三個女人都在牛肉麵裡遇見過去的自己，甚至不久前連范慈倩都見到了她的過去，為什麼自己就不能？這想法在羅軒疆心頭興起過無數次波瀾，卻又逮不到一個好時機去親身體會。

這要說是老天特別眷顧，還是要說他羅軒疆靈氣不夠？一直很想有個機會可以自己一個人靜靜去試探，但是全家向來團體行動，還真是沒給羅軒疆任何單獨空間呢！

終於在羅莉和羅蔓分別參加國中和國小的畢業旅行，何碧蘭去洗頭的星期六下午，羅軒疆抱著小昌昌走進了牛老大。

就來一碗神奇牛肉麵，好好享受神奇吧！

神奇嗎？果然神奇。

讓羅軒疆愣住的麵碗裡，是六〇年代，他阿母揹著他去果菜市場批菜要去零售的一幕，看著看著，眼眶一陣溼熱湧起……

後記／來碗神奇牛肉麵，如何？

日升月落，春去秋來，時間的腳步悄無聲息地穿走生活。人們容易今日來了，便將昨日前日許多日的生活事，漸次忘記。因為忘了，很多事記不完整，有些事顛三倒四，有些時候偏見因此抓著空隙悄悄偷渡進了心裡。

可能因為某次的意見沒被接納，便委屈地以為被疏忽，不被重視，甚至有了父母偏袒其他手足的想法。每戶人家日常生活裡不時會有大大小小、無傷大雅的紛爭發生，有些時候不免讓家人彼此心生怨懟、唇槍舌戰，有時還因不能和顏悅色對話而劍拔弩張、僵持不下，事實上一家人之間又會有多大的怨、多深的惱、多強的怒？

事過境遷之後，回過頭去想，所有一切都是微不足道的執念，不過是自己一時之間鑽了牛角尖、錯看了事實、吃味了家人。一旦豁然開朗了，便會暗地裡莞爾一笑，那些林林總總的小事，何至於要時時占據心田一角，甚至武裝自己？

孩子畢竟還小，從他們的眼睛看事情，視野可能不夠寬廣；他們用自己的思維方式判斷，邏輯難免不夠圓融。尤其事涉個人權益，並為得到更多父母的關愛，他們的心思總是特別細膩特別敏銳，往往大人們一丁點的無心，在他們心裡可就是無限大的有意。但一切真如孩子所想的那樣？爸爸、媽媽真的偏心？手足之間只存在較勁？

內心有了這樣的猜疑，親子手足之間便易有爭執，因為爭執，家中免不了就會常有煙硝味。煙硝味瀰漫的處所易讓彼此神經緬得更緊，一不留神衝突便可能一觸即發，其結果對於親子交流與手足情感的維繫，將造成極大殺傷力。

凡事皆是一體兩面，從另一個角度來看，手足之間的爭吵、親子兩代間的扞格，也可視作另一種形態的互動。重要的是，在關係緊緬之際，彼此都能用心去看爭吵事件，能夠從事件中整理出修正脈絡，方能使彼此之間的情感有正向累增的作用。

創作《神奇牛肉麵》的故事，無非是想藉由羅姓一家人的互動，帶給大小讀者省思，許多事不見得眼見為憑，眼見的背後常常隱含了深層意義，那才是應該被看重的。

該如何讓孩子用稍微長大的眼睛，回看過去自己不解事的童幼時期，父母親友長輩的敘述是一款；童玩布偶巧扮摯友也是一款；《神奇牛肉麵》中精靈順勢進到故事，巧妙製造出麵湯回味事件，以奇幻路徑引出深層意識遺忘的部分，更是一款。

時間一分一秒過去，我們在無所感中一天天一年年過著，如果等到大齡時驀然回首，抽絲剝繭往昔，才發現一切都不是自己原先所想的那樣，那麼，會不會有些遺憾已經造成？

成年之後，媽媽常說起我們姊妹的小時候，有些我腦中隱約殘留了印象；有些是我尚未出生，來不及躬逢其盛的場景；再有些是我年歲太小，無緣親炙的畫面，我都很想能有機會親眼目睹，那些或追或跑或哭或笑的日常。

然而，每日太陽月亮依然輪番升空，春夏秋冬四季依序更迭，一回眸，年華老去、滄海桑田，那些長養我們至今時今日的養分，雕塑我們成現在模樣的生活記事，偶爾也該想起、該回溯、該重整。

不能遺忘了唷！

所以，來碗神奇牛肉麵，如何？

少年文學68　PG3110

小鬼靈精

神奇牛肉麵

作　　者／王力芹
內頁插圖／羅　莎
責任編輯／吳霽恆
圖文排版／黃莉珊
封面設計／李孟瑾
出版策劃／秀威少年
製作發行／秀威資訊科技股份有限公司
114 台北市內湖區瑞光路76巷65號1樓
電話：+886-2-2796-3638
傳真：+886-2-2796-1377
服務信箱：service@showwe.com.tw
http://www.showwe.com.tw

郵政劃撥／19563868
戶名：秀威資訊科技股份有限公司
展售門市／國家書店【松江門市】
104 台北市中山區松江路209號1樓
電話：+886-2-2518-0207
傳真：+886-2-2518-0778

網路訂購／秀威網路書店：https://store.showwe.tw
國家網路書店：https://www.govbooks.com.tw
法律顧問／毛國樑　律師

總經銷／聯合發行股份有限公司
231新北市新店區寶橋路235巷6弄6號4F
電話：+886-2-2917-8022
傳真：+886-2-2915-6275

出版日期／2025年2月　BOD一版　**定價**／320元
ISBN／978-626-99019-2-0

秀威少年
SHOWWE YOUNG

國家圖書館出版品預行編目

神奇牛肉麵 / 王力芹著. -- 一版. -- 臺北市 : 秀威少年,
2025.02
面； 公分. -- (小鬼靈精)(少年文學 ; 68)
BOD版
ISBN 978-626-99019-2-0(平裝)

863.59 113018277